Miguel de Cervantes Saavedra

Los baños de Argel

Barcelona 2024
Linkgua-ediciones.com

Créditos

Título original: Comedia famosa de los baños de Argel.

e-mail: info@Linkgua-ediciones.com

Diseño de cubierta: Michel Mallard.

ISBN tapa dura: 978-84-9897-454-6.
ISBN rústica: 978-84-96428-93-5.
ISBN ebook: 978-84-9953-716-0.

Sumario

Brevísima presentación

La vida

Miguel de Cervantes Saavedra (Alcalá de Henares, 1547-Madrid, 1616). España.

Era hijo de un cirujano, Rodrigo Cervantes, y de Leonor de Cortina. Se sabe muy poco de su infancia y adolescencia. Aunque se ha confirmado que era el cuarto entre siete hermanos. Las primeras noticias que se tienen de Cervantes son de su etapa de estudiante, en Madrid.

A los veintidós años se fue a Italia, para acompañar al cardenal Acquaviva. En 1571 participó en la batalla de Lepanto, donde sufrió heridas en el pecho y la mano izquierda. Y aunque su brazo quedó inutilizado, combatió después en Corfú, Ambarino y Túnez.

En 1584 se casó con Catalina de Palacios, no fue un matrimonio afortunado. Tres años más tarde, en 1587, se trasladó a Sevilla y fue comisario de abastos. En esa ciudad sufrió cárcel varias veces por sus problemas económicos y hacia 1603 o 1604 se fue a Valladolid, y allí también fue a prisión, esta vez acusado de un asesinato. Desde 1606, tras la publicación del Quijote, fue reconocido como un escritor famoso y vivió en Madrid.

Comedias y entremeses inspirados en su cautiverio

Cervantes participó en varias expediciones militares en el Mediterráneo; tras una de ellas, de regreso a España, fue apresado por piratas berberiscos. Durante cinco años sufrió un duro cautiverio en Argel. Arriesgó su vida en varios intentos de evasión hasta que fue rescatado por unos frailes trinitarios cuando era conducido a Constantinopla. Tenía treinta y tres años.

Al final de su vida publicó *Ocho comedias y ocho entremeses nuevos, nunca representados* (1615). Tres de esas comedias muestran su imagen del mundo islámico y su vida en Argelia: *El gallardo español*, *Los baños de Argel* y *La gran sultana*.

Personajes

Alima, mora
Ambrosio
Capitán cristiano.
Cauralí, capitán de Argel
Costanza, cristiana
Cuatro Moros, que se señalan: Moro 1, 2, 3, 4
Don Fernando
Don Lope y Vivanco, cautivos
Dos Arcabuceros cristianos
Guardián Bají
Guillermo, pastor
Hazán Bají, rey de Argel, y el Cadí
Hazén, renegado
Juanico y Francisquito
La señora Catalina
Osorio
Tres Moros pequeños
Un Cautivo
Un Judío
Un Sacristán
Un Viejo
Yzuf, renegado
Zara, mora
Zarahoja, moro

Jornada primera

(Caurali, capitán de Argel; Yzuf, renegado; otros cuatro Moros, que se señalan así: 1, 2, 3, 4.)

Yzuf
De en uno en uno y con silencio vengan,
que ésta es la trocha y el lugar es éste,
y a la parte del monte más se atengan.

Caurali
Mira, Yzuf, que no yerres, y te cueste
la vida el no acertar.

Yzuf
Pierde cuidado;
haz que la gente el hierro y fuego apreste.

Caurali
¿Por dó tienes, Yzuf, determinado
que demos el asalto?

Yzuf
Por la sierra,
lugar que, por ser fuerte, no es guardado.
Nací y crecí, cual dije, en esta tierra,
y sé bien sus entradas y salidas
y la parte mejor de hacerle guerra.

Caurali
Ya vienen las escalas prevenidas,
y están las atalayas hasta agora
con borrachera y sueño entretenidas.

Yzuf
Conviene que los ojos de la aurora
no nos hallen aquí.

Caurali
Tú eres el todo:
guía, y embiste, y vence.

Yzuf — Sea en buen hora,
y no se rompa en cosa alguna el modo
que tengo dado; que con él, sin duda,
a daros la victoria me acomodo,
primero que socorro alguno acuda.

(Éntranse.)

(Suena dentro vocería de moros; enciéndese hachos, pónese fuego al lugar, sale un Viejo a la muralla medio desnudo y dice:)

Viejo — ¡Válame Dios! ¿Qué es esto?
¿Moros hay en la tierra?
¡Perdidos somos, triste!
¡Vecinos, que os perdéis; al arma, al arma!
De los atajadores
la diligencia ha sido
aquesta vez burlada;
las atalayas duermen, todo es sueño.
¡Oh si mis prendas caras,
cual un cristiano Eneas,
sobre mis flacos hombros
sacase deste incendio a luz segura!
¿Que no hay quien grite al arma?
¿No hay quien haga pedazos
esas campanas mudas?
¡A socorreros voy, amados hijos!

(Éntrase.)

(Sale el Sacristán a la muralla, con una sotana vieja y un paño de tocar.)

Sacristán — Turcos son, en conclusión.
¡Oh torre, defensa mía!,

ventaja a la sacristía
hacéis en esta ocasión.
Tocar las campanas quiero,
y gritar apriesa al arma;
(Toca la campana.) el corazón se desarma
de brío, y de miedo muero.
Ningún hacho en la marina
ninguna atalaya enciende,
señal do se comprende
ser cierta nuestra ruina.
Como persona aplicada
a la Iglesia, y no al trabajo,
mejor meneo el badajo
que desenvaino la espada.

(Torna a tocar y éntrase.)

(Salen al teatro Cauralí, Yzuf y otros dos Moros.)

Yzuf

Por esta parte acudirán, sin duda,
los que del monte quieran ampararse;
sosiégate, y verás medrosa y muda
gente que viene por aquí a salvarse;
y, antes que aquella del socorro acuda,
conviene que se acuda al retirarse.

Cauralí

¿Los bajeles no están bien a la orilla?

Moro 1

Y estibados de gusto y de mancilla.

(Sale el Viejo que salió a la muralla, con un niño en brazos medio desnudo y otro pequeño de la mano.)

Padre

¿Adónde os llevaré, pedazos vivos

de mis muertas entrañas? Si a ventura
tendría, antes que fuésedes cautivos,
veros en una estrecha sepultura.

Caurali

De aquesos tus discursos pensativos
te sacará mi espada, que procura,
sin acudir al gusto de tu muerte,
darte la vida y ensalzar mi suerte.

Francisquito

¿Para qué me sacó, padre, del lecho?
¡Que me muero de frío! ¿Adónde vamos?
Llégueme a mí, como a mi hermano, al pecho.
¿Cómo tan de mañana madrugamos?

Padre

¡Oh, deste inútil tronco ya y deshecho,
tiernos, amables y hermosos ramos!
No sé dó voy; aunque, si bien se advierte,
deste camino el fin será mi muerte.

Caurali

Llévalos tú, Bairán, a la marina,
y mira bien que esté la armada a punto,
porque, según os muestra la bocina,
la esposa de Titón ya viene junto.

(Éntrase el Viejo; sale el Sacristán.)

Padre

Huir el mal que el Cielo determina,
es trabajo escusado.

Sacristán

Yo barrunto,
si el cielo mi agudeza no socorre,
que estaba más seguro yo en mi torre.
¿Quién me engañó? Y más si, a dicha, yerro
el camino o atajo de la sierra.

Cauralí ¡Camina, perro, a la marina!

Sacristán ¿Perro?
Agora sé que fue mi madre perra.

Caualí Aguija tú con él, y zarpe el ferro
la capitana, y vaya tierra a tierra,
hasta la cala donde dimos fondo.

(Éntrase el Moro y el Sacristán.)

Yzuf ¿Qué es lo que dices Caurali?

Moro 2 Yo no respondo.

Yzuf Escucha, Caurali, que me parece
que una trompeta a mis oídos suena.

Caurali Sin duda, es el temor el que te ofrece
el son que tus bravezas desordena.

Yzuf Toca tú a recoger, que ya amanece,
y está tu armada de despojos llena,
y creo que el socorro se avecina.
¡A la marina!

Caurali ¡Hola, a la marina!

(Éntranse.)

(Suena una trompeta bastarda; salen cuatro Moros, uno tras otro, cargados de despojos.)

Moro 1 Aunque la carga es poca, es de provecho.

Moro 2
Yo no sé lo que llevo, pero vaya.

Moro 3
Lo que hasta aquí está hecho, está bien hecho.

Moro 4
¡Permita Alá que esté libre la playa!

(Sale un Moro con una doncella, llamada Costanza, medio desnuda.)

Costanza
Saltos el corazón me da en el pecho;
falta el aliento, el ánimo desmaya.
Llévame más despacio.

Moro
¡Aguija, perra,
que el mar te aguarda!

Costanza
¡Adiós, mi cielo y tierra!

(Éntrase Costanza.)

(Sale uno a la muralla.)

Uno
¡A la marina, a la marina, amigos,
que los turcos se embarcan muy apriesa!
Si aguijáis, dejarán los enemigos
la mal perdida y mal ganada presa.

(Entra un Arcabucero cristiano.)

Arcabucero
Solo habremos llegado a ser testigos
de que Troya fue aquí.

Otro
¡Fortuna aviesa,
pon alas en mis pies, fuego en mis manos!

Otro — Nuestros ahíncos han salido vanos,
porque ya los turcos son embarcados
y en jolito se están cerca de tierra.

(Entra el Capitán cristiano.)

Capitán — ¡Oh! ¡Mal hayan mis pies, acostumbrados,
más que a la arena, a riscos de la sierra!
¿Qué han hecho los jinetes?

Uno — Desmayados
llegaron los caballos tierra a tierra,
a tiempo que zarpaban las galeras,
y tras ellos llegaron tres banderas.
Los dos atajadores de la playa
muertos hallé de arcabuzazos, creo.
La oscuridad disculpa al atalaya
del mísero suceso que aquí veo.

Otro — ¿Qué habemos de hacer?

Capitán — La gente vaya
tomando por el monte algún rodeo,
y embósquese en la cala allí vecina,
por ver lo que el cosario determina.

Uno — ¿Qué ha de determinar, si no es tornarse
a Argel, pues que su intento ha conseguido?

Capitán — ¿Quién puede a tan gran hecho aventurarse?

Otro — Si él es Morato Arráez, es atrevido;
cuanto más, que bien puede imaginarse

que de algún renegado fue traído,
plático desta tierra.

Capitán — Désta hay uno
que en ser traidor no se le iguala alguno.
¿Adónde está mi hermano?

Uno — Llegó apenas,
cuando, despavorido y sin aliento,
se arrojó en el lugar.

Capitán — Hallará estrenas
tristes de su esperado casamiento.

(Parece en la muralla don Fernando.)

Don Fernando — Puntas de cristal claro, y no de almenas,
murallas de bruñido y rico argento
que guardastes un tiempo mi esperanza,
¿dónde hallaré, decidme, a mi Costanza?
Techos que vomitáis llamas teosas,
calles de sangre y lágrimas cubiertas,
¿adónde de mis glorias ya dudosas
está la causa, y de mis penas ciertas?
Descubre, ¡oh Sol!, tus hebras luminosas;
abre ya, aurora, tus rosadas puertas;
dejadme ver el mar, donde navega
el bien que el cielo por mi mal me niega.

Capitán — Vámosle a socorrer, no desespere;
que en lo que dice da de loco indicio.

Uno — Bien dices; vamos, que su mal requiere
fuerte y apresurado veneficio.

(Éntranse.)

Don Fernando

Mas, ¿qué digo, cuitado? Bien se infiere
de las reliquias deste maleficio
que va cautiva mi querida prenda,
y es bien que a dalle libertad atienda.

(Éntrase don Fernando, y parece el Capitán en la muralla con otro soldado.)

Desde aquel risco levantado, quiero
hacer señal; quizá querrá el vil moro
trocar la hermosura por dinero
a quien no pagará ningún tesoro.

Capitán

Ya no está aquí mi hermano; el dolor fiero
temo que no le saque del decoro
que debe a ser quien es. ¡Oh caso extraño!

Uno

Señor, por allí va, si no me engaño.

(Éntrase el Capitán; sale don Fernando, y va subiendo por un risco.)

Don Fernando

Subid, ¡oh pies cansados!;
llegad a la alta cumbre
desta encumbrada y rústica aspereza,
si ya de mis cuidados
la inmensa pesadumbre
no os detiene en mitad de su maleza.
Ya a descubrir se empieza
la máquina terrible
que con ligero vuelo
la carga de mi cielo
lleva en su vientre tragador y horrible;

ya las alas extiende,
ya le ayudan los pies, ya al curso atiende.
No será de provecho
esta señal que muestro
de rescate, de paz y de alianza;
ni la voz de mi pecho,
aunque a gritar me adiestro,
ha de alcanzar do mi deseo alcanza.
¡Ah, mi amada Costanza!
¡Ah, dulce, honrada esposa!
No apliques los oídos
a ruegos descreídos,
ni a la fuerza agarena poderosa
os entreguéis rendida,
que aún yo para la vía tengo vida.
Volved, volved, tiranos,
que de vuestra codicia
ofrezco de llenar con gusto y gloria
los senos; y las manos,
ajenas de avaricia,
sin duda aumentarán vuestra victoria.
Volved, que es vil escoria
cuanto lleváis robado,
si no lleváis los dones
que os ofrezco a montones
en cambio de mi Sol, que va eclipsado
entre las pardas nubes
que tú del mar, ¡oh blando cierzo!, subes.
De Arabia todo el oro,
del Sur todas las perlas,
la púrpura de Tiro más preciosa,
con liberal decoro
ofrezco, aunque el tenerlas
os venga a parecer dificultosa.

Si me volvéis mi esposa,
un nuevo mundo ofrezco,
con todo cuanto encierra
todo el cielo y la tierra.
Locuras digo; mas, pues no merezco
alcanzar esta palma,
llevad mi cuerpo, pues lleváis mi alma.

(Arrójase del risco.)

(Sale el Guardián Bají y un Cautivo con papel y tinta.)

Guardián

¡Hola; al trabajo, cristianos!
No quede ninguno dentro;
así enfermos como sanos,
no os tardéis, que, si allá entro,
pies os pondrán estas manos.
Que trabajen todos quiero,
ya [pá]paz, ya caballero.
¡Ea, canalla soez!
¿Heos de llamar otra vez?

(Sale un Cautivo, y van saliendo de mano en mano los que pudieren.)

Uno

Yo quiero ser el primero.

Guardián

Éste a la leña le asienta;
éste vaya a la marina;
ten en todo buena cuenta;
treinta aquel burche encamina,
y a la muralla sesenta;
veinte al horno, y diez envía
a casa de Caurali.
Y abrevia, que se va el día.

Esclavo — Por cuarenta envió el cadí;
dárselos es cortesía.

Guardián — Y aun fuerza. En eso no pares;
enviarás otros dos pares
a los ladrillos de ayer.

Esclavo — Para todos hay qué hacer,
aunque fueran dos millares.
¿Dónde irán los caballeros?

Guardián — Déjalos hasta mañana,
que serán de los primeros.

Esclavo — ¿Y si pagan?

Guardián — Cosa es llana
que hay sosiego do hay dineros.

Esclavo — Yo con ellos me avendré,
de modo que se te dé
gusto y honesta pitanza.

Guardián — Despacha a la maestranza.

Esclavo — Ve con Dios, que sí haré.

(Éntrase.)

(Salen don Lope y Vivanco, cautivos, con sus cadenas a los pies.)

Don Lope — Ventura, y no poca, ha sido
haber escapado hoy

del trabajo prevenido.

Vivanco

Cuando no trabajo, estoy
más cansado y más molido.
Para mí es grave tormento
este estrecho encerramiento,
y es alivio a mi pesar
ver el campo o ver la mar.

Don Lope

Pues yo en verlo me atormento,
porque la melanconía
que el no tener libertad
encierra en el alma mía,
quiere triste soledad
más que alegre compañía.
Trabajar y no comer,
bien fácil se echa de ver
que son pasos de la muerte.

(Sale un cristiano cautivo, que viene huyendo del guardián, que viene tras él dándole de palos.)

Guardián

¡Oh chufetre! ¿Desta suerte
siempre os habéis de esconder?
Que os criastes en regalo,
inútil perro, barrunto.

Cristiano

¡Por Dios, fende, que estoy malo!

Guardián

Pues yo os curaré en un punto
con el sudor deste palo.

Cristiano

Con calentura contina,
que me turba y desatina,

estoy ha más de dos días.

(Éntranse, dándole de palos, estos dos.)

Guardián — ¿Y por eso te escondías?

Cristiano — Sí, fende.

Guardián — ¡Perro, camina!

Don Lope — ¡Por Dios, que es un buen soldado,
y no lo hace de vicio
el mísero apaleado!

Vivanco — Mirad, pues, qué veneficio
ha en su enfermedad hallado.
¿No es notable desatino
que está un cautivo vecino
a la muerte y no le creen?
Y, cuando muerto le ven,
dicen: «¡Gualá, que el mezquino
estaba malo, sin duda!».
¡Oh canalla fementida,
de toda piedad desnuda!
¿Quién, al perder de la vida,
queréis que al mentir acuda?
De nuestra calamidad
con vuestra incredulidad,
la muerte es testigo cierto;
más creéis a un hombre muerto,
que al vivo de más verdad.

Don Lope — Alza los ojos y atiende
a aquella parte, Vivanco,

y mira si comprehende
tu vista que un paño blanco
de una luenga caña pende.

(Parece una caña, atado un paño blanco en ella, con un bulto.)

Vivanco — Bien dices, y atado está.
Quiérome llegar allá
para ver esta hazaña.
¡Por Dios, que se alza la caña!

Don Lope — Ve, quizá se abajará.

Vivanco — No es para mí esta aventura,
don Lope; ven tú a proballa,
que no sé quién me asegura
que han de venir a alcanzalla
las manos de tu ventura.

Don Lope — Algún muchacho habrá puesto
cebo o lazo allí dispuesto
para cazar los vencejos.

Vivanco — No está hondo, ni está lejos;
ven, y verémoslo presto.
¿No ves cómo se te inclina
la caña? ¡Vive el Señor,
que ésta es cosa peregrina!

Don Lope — En el trapo está el favor.

Vivanco — Si es favor, desata aína.

Don Lope — Once escudos de oro son;

entrellos viene un doblón
que parece necesario
paternóster del rosario.

Vivanco — ¡Bien propia comparación!

Don Lope — La caña se tornó a alzar.
¿Qué maná del cielo es ésta?
¿Qué Abacuc nos vino a dar
en nuestra prisión la cesta
deste que es más que manjar?

Vivanco — ¿Por qué, don Lope, no acudes
a dar gracias y saludes
a quien hizo esta hazaña?
¡Oh caña, de hoy más no caña,
sino vara de virtudes!

Don Lope — ¿A quién quieres que las dé,
si en aquella celosía
estrecha nadie se ve?

Vivanco — Pues alguien aquesto envía.

Don Lope — Claro está, mas quién, no sé.
Quizá será renegada
cristiana la que se agrada
de mostrarse compasiva,
o ya cristiana cautiva
en esta casa encerrada.
Mas, quienquiera que ella sea,
es bien que las apariencias
de agradecidos nos vea:
hazle dos mil reverencias,

porque nuestro intento crea;
yo a lo morisco haré
ceremonias, por si fue
mora la que hizo el bien.

(Entra Hazén, renegado.)

Don Lope

Calla, porque viene Hazén.

Vivanco

¡Noramala venga el pe...!
Las dos erres y la o
me como contra mi gusto.

Don Lope

Creo, por Dios, que te oyó.

Vivanco

Si él me oyó, por Dios, fue justo
no acabar su nombre yo.

Hazén

Con vuestras dos firmas solas
pisaré alegre y contento
las riberas españolas;
llevaré propicio el viento,
manso el mar, blandas sus olas.
A España quiero tornar,
y a quien debo confesar
mi mozo y antiguo yerro;
no como Yzuf, aquel perro
que fue a vender su lugar.

(Dales un papel escrito.)

Aquí va cómo es verdad
que he tratado a los cristianos
con mucha afabilidad,

sin tener en lengua o manos
la turquesca crueldad;
cómo he a muchos socorrrido;
cómo, niño, fui oprimido
a ser turco; cómo voy
en corso, pero que soy
buen cristiano en lo escondido,
y quizá hallaré ocasión
para quedarme en la tierra,
para mí, de promisión.

Don Lope

Es la enmienda en el que yerra
arras de su salvación.
Echaremos de buen grado
las firmas que nos pedís,
que ya está experimentado
ser verdad cuanto decís,
Hazén, y que sois honrado.
Y quiera el cielo divino
que os facilite el camino
como vos lo deseáis.

Vivanco

A mucho os determináis.

Hazén

Pues a más me determino;
que he de procurar alzar
la galeota en que voy.

Don Lope

¿Cómo lo pensáis trazar?

Hazén

Ya con otros cuatro estoy
convenido.

Vivanco

Temo azar,

si es que entre muchos se sabe:
que no hay cosa que se acabe
aquí en Argel sin afrenta
cuando a muchos se da cuenta.

Hazén — En los que digo, más cabe.

Don Lope — ¿Sabrías decir, Hazén,
quién mora en aquella casa?

Hazén — ¿En aquella?

Vivanco — Sí.

Hazén — Muy bien.
Un moro de buena masa,
principal y hombre de bien,
y rico en extremo grado;
y, sobre todo, le ha dado
el cielo una hija tal,
que de belleza el caudal
todo en ella está cifrado.
Muley Maluco apetece
ser su marido.

Don Lope — Y el moro
¿qué dice?

Hazén — Que la merece,
no por rey, mas por el oro
que en la dote el rey ofrece:
que en esta nación confusa
que dé el marido se usa
la dote, y no la mujer.

Vivanco ¿Y ella está del parecer
del padre?

Hazén No lo rehúsa.

Don Lope ¿Está acaso alguna esclava,
ya renegada o cristiana,
en esta casa?

Hazén Una estaba
años ha, llamada Juana.
Sí, sí; Juana se llamaba,
y el sobrenombre tenía,
creo, que de Rentería.

Don Lope ¿Qué se hizo?

Hazén Ya murió,
y a aquesta mora crió
que denantes os decía.
Ella fue una gran matrona,
archivo de cristiandad,
de las cautivas corona;
no quedó en esta ciudad
otra tan buena persona.
Los tornadizos lloramos
su falta, porque quedamos
ciegos sin su luz y aviso.
Por cobralla, el cielo quiso
que la perdiesen sus amos.

Don Lope Vete en paz, y aquesta tarde
ven por tus firmas, Hazén.

(Vase.)

(Éntrase Hazén.)

Hazén La Trinidad toda os guarde.

Vivanco Bien podemos deste bien
hacer otra vez alarde.
¿Cuántos son?

Don Lope ¿Once no dije?
Pero lo que aquí me aflige
es no ver a quien los dio.

Vivanco ¿Quién? Para mí tengo yo
que fue Aquél que el cielo rige,
que por no vistos caminos
su pródiga mano acorre
a los míseros mezquinos;
y ansí, a nosotros socorre,
aunque de tal gracia indignos.

(Parece la caña otra vez, con otro paño de más bulto.)

Mira que otra vez asoma
la caña.

Don Lope Trabajo toma
de ir a ver si se te inclina.

Vivanco Aquesta pesca es divina,
aunque sea de Mahoma.
Mas, apenas muevo el pie

hacia allá, cuando levantan
la caña, y no sé por qué;
si es que de mí se espantan,
díganlo y me volveré.
Para ti, amigo, se guarda
esta ventura gallarda;
ven y veremos lo que es;
y no empereces los pies,
que, si el bien llega, no tarda.

(Inclínase la caña a don Lope, y desata el paño.)

Don Lope — Más peso tiene, a mi ver,
que el de denantes aquéste.

Vivanco — Más numos debe de haber.

Don Lope — ¡Ta, ta, billetico es éste!

Vivanco — ¿Quiéresle agora leer?
Mira si es oro o argento,
primero, que de contento
estoy para reventar.
¿Que no lo queréis mirar?

(Pónese Don Lope a leer el billete; y, antes que le acabe de leer, dice:)

Don Lope — ¡Por Dios, que pasan de ciento,
y son los más de a dos caras!

Vivanco — ¿Para qué a leer te paras?
A contarlos te apresura.

Don Lope — Cierto que es esta aventura

rarísima entre las raras.

Vivanco
¿Qué es lo que dice el papel?

Don Lope
En lo poco que he leído,
milagros he visto en él.

Vivanco
Oye, que siento ruido.

Don Lope
Gente viene de tropel;
en el rancho nos entremos,
adonde a solas podremos
ver lo que el billete dice.

Vivanco
¿Despedístete?

Don Lope
Sí hice.

Vivanco
Desorejado tenemos.

(Sale el Guardián Bají y un moro llamado Carahoja, y un Cristiano atadas las orejas con un paño sangriento, como que las trae cortadas.)

Carahoja
¿No os dije, perro insensato,
que, si huíades por tierra,
que os haría aqueste trato?

Cristiano
Es grande el gusto que encierra
voz de libertad.

Carahoja
¡Oh ingrato!
Por la mar te he aconsejado
que huyas; mas tú, malvado,
que en los estorbos no miras,

siempre a huir por tierra aspiras.

Cristiano

Hasta quedar enterrado.

Carahoja

Tres veces por tierra ha huido
este perro, y treinta doblas
di aquellos que le han traído.

Cristiano

Si las prisiones no doblas,
haz cuenta que me has perdido:
que, aunque me desmoches todo,
y me pongas de otro modo
peor que éste en que me veo,
tanto el ser libre deseo,
que a la fuga me acomodo
por la tierra o por el viento,
por el agua y por el fuego;
que, a la libertad atento,
a cualquier cosa me entrego
que me muestre este contento.
Y, aunque más te encolerices,
respondo a lo que me dices,
que das en mi huida cortes,
que no importa el ramo cortes,
si no arrancas las raíces.
Si no me cortas los pies,
al huirme no hay reparo.

Guardián

Carahoja, ¿éste no es
español?

Carahoja

¿Pues no está claro?
¿En su brío no lo ves?

Guardián
Por Alá, que, aunque esté muerto,
estás de guardallo incierto.
¡Éntrate, perro, a curar!
Aqueste le habrás de dar
a la limosna.

Carahoja
Está cierto.

(Éntrase el Cristiano.)

Guardián
Oye, que un tiro han tirado
en la mar.

Carahoja
No le he sentido.

(Entra un Cautivo.)

Cautivo
Fendi, Cauralí es llegado,
y viene, según he oído,
rico, próspero y honrado;
y el rey sale a la marina,
que ver allí determina
los cautivos y el despojo.

Guardián
¿Quieres venir?

Carahoja
Yo estoy cojo.

Guardián
Pues poco a poco camina.

(Éntranse.)

(Vuelven a salir don Lope y Vivanco.)

Vivanco

Léele otra vez, que me admira
la sencillez que contiene
y el grande intento a que aspira.

Don Lope

Mira bien si alguno viene,
y a esta parte te retira.
El billete dice así;
en toda mi vida vi
razones así sencillas.
¡Éstas son tus maravillas,
gran Señor!

Vivanco

Acaba, di.

(Lee el billete don Lope.)

Mi padre, que es muy rico, tuvo por cautiva a una cristiana, que me dio leche y me enseñó todo el cristianesco. Sé las cuatro oraciones, y leer y escribir, que ésta es mi letra. Díjome la cristiana que Lela Marién, a quien vosotros llamáis Santa María, me quería mucho, y que un cristiano me había de llevar a su tierra. Muchos he visto en ese baño por los agujeros desta celosía, y ninguno me ha parecido bien, sino tú. Yo soy hermosa, y tengo en mi poder muchos dineros de mi padre. Si quieres, yo te daré muchos para que te rescates, y mira tú cómo podrás llevarme a tu tierra, donde te has de casar conmigo; y, cuando no quisieres, no se me dará nada: que Lela Marién tendrá cuidado de darme marido. Con la caña me podrás responder cuando esté el baño sin gente. Envíame a decir cómo te llamas, y de qué tierra eres, y si eres casado; y no te fíes de ningún moro ni renegado. Yo me llamo Zara, y Alá te guarde.

¿Qué te parece?

Vivanco

Que el cielo
se nos descubre en la tierra
en este tan santo celo.

Don Lope — Sin duda, en Zara se encierra
toda la bondad del suelo.

Vivanco — Quizá nos está mirando.
Vuelve, y haz, de cuando en cuando,
señales de agradecido.
Mas, ¿en qué te has suspendido?

Don Lope — La respuesta estoy pensando.

Vivanco — ¿Pues hay más que responder,
sino que harás todo cuanto
fuere al caso menester?

(Entra Hazén.)

Don Lope — Hazén vuelve.

Hazén. — Estimo en tanto
el bien que me habéis de hacer,
que, hasta tenerle en mi pecho,
no puedo tener sosiego.

(Vuélvele el papel.)

Don Lope — Amigo Hazén, ya está hecho;
y, así como yo os lo entrego
con gusto, os haga el provecho.

Vivanco — ¿Es verdad que ya ha llegado
Caurali?

Hazén — Ya se ha mostrado

al cabo de Metafús.

Don Lope
¿En qué piensas?

Hazén
Ahora, ¡sus!,
yo he de ver al renegado
y decirle de mí a él
quién es.

Vivanco
¿Por Yzuf dirás?

Hazén
Por ese perro cruel
digo.

Don Lope
Pues muy mal harás
en tomarte, Hazén, con él.

Vivanco
Déjale, ¡Dios le maldiga!

Hazén
El alma se me fatiga
en ver que este perro infame
su sangre venda y derrame
como si fuera enemiga.
Dios me ayude, a Dios quedad,
que jamás no me veréis,
y Dios os dé libertad.

Vivanco
¡Mirad, Hazén, lo que hacéis!

(Éntrase Hazén.)

Hazén
¡Dios mueve mi voluntad!

Vivanco
¿Apostaréis que se toma,

según la ira le doma,
con Yzuf?

Don Lope
Ya le acabase,
porque del suelo quitase
este rayo de Mahoma.
¿No será bien que escribamos,
por si otra vez se aparece
esta estrella que miramos?

Vivanco
Así a mí me lo parece,
ya, y ahora.

Don Lope
Vamos.

Vivanco
Vamos.

(Éntranse.)

(Sale Hazán Baján, rey de Argel, y el Cadí y Carahoja, y Hazén, el Guardián Bají y otros Moros de acompañamiento; suenan chirimías y grita de desembarcar.)

Baján
¡Bueno viene Caurali!
De alegría da gran muestra.
¿Qué dices, guardián Bají?

Guardián
De su industria y de su diestra
siempre estos efecto vi;
es valiente, y fue guiado
por un bravo renegado.

Baján
¿No fue Yzuf?

Guardián
Yzuf se llama,

a quien pregona la fama
por buen moro y buen soldado.

(Entran Cauralí y Yzuf.)

Cauralí
Dame tus pies, fuerte Hazán,
como mi rey y señor.

Baján
Mis pies por jamás se dan
a labios de tal valor
y a tan bravo capitán.
Del suelo os alzad.

Yzuf
A mí
darás lo que a Cauralí
niegas con justa razón.

Baján
De entrambos mis brazos son.

Cadí
Y también los del cadí.
En buen hora seas venido.

Cauralí
En la mesma estés.

Cadí
Pues bien:
¿haos España enriquecido?
Porque lo suele hacer bien
con el cosario atrevido.

Yzuf
Mi pueblo se saqueó,
y, aunque poca, en él se halló
ganancia y algún cautivo.

Hazén
¡Oh, más que Nerón esquivo,

ni al que a Sicilia asoló!

Baján

Haz venir alguno dellos
en mi presencia, y advierte
que sean de los más bellos.

Caurali

Yo mesmo, por complacerte,
quiero ir, señor, a traellos.

(Éntrase Caurali.)

Baján

¿Cuántos serán?

Yzuf

Ciento y veinte.

Baján

¿Hay entre ellos buena gente
para el remo? ¿Hay oficiales?

Yzuf

Yo creo que vienen tales,
que el más ruin más te contente.

Cadí

¿Hay muchachos?

Yzuf

Dos no más;
pero de belleza extraña,
como presto lo verás.

Cadí

Hermosos los cría España.

Yzuf

Pues déstos te admirarás.
Y son, a lo que imagino,
uno y otro mi sobrino.

Cadí

Hasles hecho un gran favor.

Hazén ¿Que tal hiciste, traidor,
alma fiera de Ezino?

(Vuelve Caurali con el padre, que trae al niño de la mano y otro chiquito en los brazos, que no ha de hablar; y vienen asimismo el Sacristán, don Fernando y otros dos cautivos.)

Caurali De aquestos dos niños creo
que este honrado viejo es padre.

Yzuf El mío en su rostro veo.

Baján ¿Viene cautiva su madre?

Caurali No, señor.

Cadí Éste no es feo.

Baján Son muy chiquitos.

Caurali Con todo,
con el tiempo me acomodo,
sin que lo estorbe su Roma,
dar dos pajes a Mahoma
que le sirvan a su modo.

Padre ¡Cuitado! ¿Qué es lo que escucho?

Cadí Llegad éste acá.

Padre Señor,
no nos aparte; ya lucho
con los brazos del temor,

y venceránme, que es mucho.

Caurali

Éste es un desesperado,
que él mismo al mar se arrojó
ya después de haber zarpado,
y un gancho que le eché yo
le pescó como pescado.

Baján

¿Pues quién le movió a tal hecho?

Caurali

Amor que reina en su pecho
de un hijo que él se temía
que en nuestra armada venía.

Baján

Y el muchacho, ¿qué se ha hecho?

Yzuf

No parece.

Cadí

¿Cómo ansí?

Caurali

Debió de quedarse allá.

Don Fernando

¡Ay Costanza! ¿Qué es de ti?

Baján

¿Qué es lo que dices?

Don Fernando

¡Quizá
en el lugar le perdí!

Baján

Cordura fuera buscalle
primero, y, al no hallalle,
el rescate lo suplía;
y fue mala granjería
el perderte por ganalle.

¿Éste quién es?

Cauralí No sé cierto.

Cautivo ¿Yo, señor? Soy carpintero.

Hazén ¡Oh cristiano poco experto!
No te sacará el dinero
desta tormenta a buen puerto.
El que es oficial, no espere,
mientras que vida tuviere,
verse libre destas manos.

Cauralí ¿Vendrán todos los cristianos?

Baján Muestra alguno, y sea quien fuere.
(Entra el Sacristán.) ¿Éste es pápaz?

Sacristán No soy Papa,
sino un pobre sacristán
que apenas tuvo una capa.

Cadí ¿Cómo te llaman?

Sacristán Tristán.

Baján ¿Tu tierra?

Sacristán No está en el mapa.
Es mi tierra Mollorido,
un lugar muy escondido
allá en Castilla la Vieja.
(Aparte.) ¡Mucho este perro me aqueja!
¡Guarde el cielo mi sentido!

Baján

¿Qué oficio tienes?

Sacristán

Tañer,
que soy músico divino,
como lo echaréis de ver.

Hazén

O este pobre pierde el tino,
o él es hombre de placer.

Baján

¿Tocas flauta o chirimía,
o cantas con melodía?

Sacristán

Como yo soy sacristán,
toco el din, el don y el dan
a cualquiera hora del día.

Cadí

¿Las campanas no son esas
que llamáis entre vosotros?

Sacristán

Sí, señor.

Baján

Bien lo confiesas:
música para nosotros
divina es la que profesas.
¿No sabrás tirar un remo?

Sacristán

No, mi señor, porque temo
reventar: que soy quebrado.

Cadí

Irás a guardar ganado.

Sacristán

Soy friolero en extremo
en invierno, y en verano

no puedo hablar de calor.

Baján — Bufón es este cristiano.

Sacristán — ¿Yo búfalo? No, señor;
antes soy pobre aldeano.
En lo que yo tendré maña
será en guardar una puerta
o en ser pescador de caña.

Cadí — Bien tus oficios concierta;
no fuérades vos de España.

(Entra un Moro.)

Moro — Los jenízaros están
aguardándote en palacio.

Baján — Vamos. ¡Adiós, capitán!,
y veámonos despacio.

Cauralí (Aparte.) — ¡Oh, qué bien mis cosas van!

(Éntranse todos; quedan Hazén y Yzuf.)

Escapado he la cristiana;
ya la fortuna me allana
los caminos de mi bien.

Yzuf — Agora hablaré yo a Hazén.

Hazén — De hablarte tengo gana.
Deja ir a Cauralí,
porque los cautivos lleve,

y quedémonos aquí.

Yzuf

En tus razones sé breve,
que tengo que hacer.

Hazén

Sea ansí.
Dejo aparte que no tengas
ley con quien tu alma avengas,
ni la de gracia ni escrita,
ni en iglesia ni en mezquita
a encomendarte a Dios vengas.
Con todo, de tu fiereza
no pudiera imaginar
cosa de tanta extrañeza
como es venirte a faltar
la ley de naturaleza.
Con solo que la tuvieras,
fácilmente conocieras
la maldad que cometías
cuando a pisar te ofrecías
las españolas riberas.
¿Qué Falaris agraviado,
qué Dionisio embravecido,
o qué Catilina airado,
contra su sangre ha querido
mostrar su rigor sobrado?
¿Contra tu patria levantas
la espada? ¿Contra las plantas
que con tu sangre crecieron
tus hoces agudas fueron?

Yzuf

¡Por Dios, Hazén, que me espantas!

Hazén

¿No te espanta haber vendido

a tu tío y tus sobrinos
y a tu patria, descreído,
y espántate...?

Yzuf Desatinos
dices, Hazén fementido.
Sin duda que eres cristiano.

Hazén Bien dices; y aquesta mano
confirmará lo que has dicho
poniendo eterno entredicho.
a tu proceder tirano.

(Da Hazén de puñaladas a Yzuf.)

Yzuf ¡Ay, que me ha muerto! ¡Mahoma,
desde luego la venganza,
como es tu costumbre, toma!

Hazén ¡Tu llevas buena esperanza
a los lagos de Sodoma!

(Vuelve el Cadí.)

Cadí ¿Qué es esto? ¿Qué grito oí?

Hazén ¡Por Dios, que vuelve el cadí!

Yzuf ¡Ay, señor! ¡Hazén me ha muerto,
y es cristiano!

Hazén Aqueso es cierto:
cristiano soy, veisme aquí.

Cadí ¿Por qué le mataste, perro?

Hazén No porque éste fue de caza
de la vida le destierro,
sino porque fue de raza
que siempre cazó por yerro.

Cadí ¿Eres cristiano?

Hazén Sí soy;
y en serlo tan firme estoy,
que deseo, como has visto,
deshacerme y ser con Cristo,
si fuese posible, hoy.
¡Buen Dios, perdona el exceso
de haber faltado en la fe,
pues, al cerrar del proceso,
si en público te negué,
en público te confieso!
Bien sé que aqueste conviene
que haga a aquel que te tiene
ofendido como yo.

Cadí ¿Quién jamás tal cosa vio?
¡Alto, su muerte se ordene!
¡Ponedle luego en un palo!

Hazén Mientras yo tuviere aquéste,
con quien el alma regalo,
lecho será en que me acueste,
el tuyo, Sardanapalo.
Dame, enemigo, esa cama,
que es la que el alma más ama,
puesto que al cuerpo sea dura;

dámela, que a gran ventura
por ella el cielo me llama.

(Saca una cruz de palo Hazén.)

No le mudes la intención,
buen Jesús; confirma en él
su intento y mi petición,
que en ser el cadí cruel
consiste mi salvación.

Cadí — Caminad; llevadle aína,
y empalalde en la marina.

Hazén — Por tal palo, palio espero;
y así, correré ligero.

Moro — ¡Camina, perro, camina!

Hazén — Cristianos, a morir voy,
no moro, sino cristiano;
que aqueste descuento doy
del vivir torpe y profano
en que he vivido hasta hoy.
En España lo diréis
a mis padres, si es que os veis
fuera de aqueste destierro.

Cadí — ¡Cortad la lengua a ese perro!
¡Acabad con él! ¿Qué hacéis?
Carga tú con éste, y mira
si ha acabado de espirar.

Moro — Paréceme que aún respira.

Cadí

Tráele a mi casa a curar.
Este suceso me admira:
en él se ha visto una prueba
tan nueva al mundo, que es nueva
aun a los ojos del Sol;
mas si el perro es español,
no hay de qué admirarme deba.

(Éntranse todos.)

Fin de la Jornada primera

Jornada segunda

(Halima, mujer de Caurali, y doña Costanza.)

Halima
¿Cómo te hallas, cristiana?

Costanza
Bien, señora; que en ser tuya
mucho mi ventura gana.

Halima
Que gana más la que es suya,
bien se ve ser cosa llana.
Al no tener libertad,
no hay mal que tenga igualdad:
sélo yo, sin ser esclava.

Costanza
Yo, señora, esto pensaba.

Halima
Piensas contra la verdad.
Solo por estar sujeta
a mi esposo, estoy de suerte
que el corazón se me aprieta.

Costanza
Blando del marido fuerte
hace la mujer discreta.

Halima
¿Eres casada?

Costanza
Pudiera
serlo, si lo permitiera
el cielo, que no lo quiso.

Halima
Tu gentileza y aviso
corren igual la carrera.

(Entran Caurali y don Fernando como cautivo.)

Caurali
Ella es hermosa en extremo;
mas llega a su hermosura
su riguridad, que temo.
¡Ya, amor, desta piedra dura
saca el fuego en que me quemo!
Hete dado cuenta desto,
para que en mi gusto el resto
eches de tu discreción.

Don Fernando
Más pide la obligación,
buen señor, en que me has puesto.
Muéstrame tú la cautiva;
que, aunque más esenta viva
del grande poder de amor,
la has de ver de tu dolor,
o amorosa, o compasiva.

Caurali
Vesla allí; y ésta es Halima,
mi mujer y tu señora.

Don Fernando
¡A fe que es prenda de estima!

Halima
Pues, amigo, ¿qué hay ahora?

Caurali
Más de un ¡ay! que me lastima.

Halima
¿Álzase el rey con la presa?

Caurali
No fuera desdicha aquésa.

Halima
Pues ¿qué daño puede haber?

Cauralí

¿No es mal mandarme volver
en corso con toda priesa?
Mas Alá lo hará mejor.
Aqueste esclavo os presento,
que es cristiano de valor.

Don Fernando (Aparte.)

¿Juzgo, veo, entiendo, siento?
¿Éste es esfuerzo, o temor?
¿No están mirando mis ojos
los ricos altos despojos
por quien al mar me arrojé?
¿No es ésta, que el alma fue,
la gloria de sus enojos?

Cauralí

¿Con quién hablas, di, cristiano?
¿Por qué no te echas por tierra
y Halima besas la mano?

Don Fernando

Más acierta el que más yerra,
viendo un dolor sobrehumano.
Dame, señora, los pies,
que este que postrado ves
ante ellos es tu cautivo.

Halima

Ahora esclavo recibo
que será señor después.
¿Conoces a esta cautiva?

Don Fernando

No, por cierto.

Costanza

Bien dijiste;
y si de memoria priva
un dolor, muera ésta triste,
porque olvidada no viva.

Pero quizá disimulas
y mentiras acomulas
que ser de provecho sientes.

Cauralí — ¿Por qué, hablando entre los dientes,
las razones no articulas?

Don Fernando — ¿Cómo os llamáis?

Costanza — ¿Yo? Costanza.

Don Fernando — ¿Sois soltera, o sois casada?

Costanza — De serlo tuve esperanza.

Don Fernando — ¿Y estáis ya desesperada?

Costanza — Aún vive la confianza:
que, mientras dura la vida,
es necedad conocida
desesperarse del bien.

Don Fernando — ¿Quién fue vuestro padre?

Costanza — ¿Quién?
Un Diego de la Bastida.

Don Fernando — ¿No estábades concertada
con un cierto don Fernando
de sobrenombre de Andrada?

Costanza — Así es; mas nunca el cuándo
llegó desa suerte honrada:
que mi señor Cauralí

del bien que en fe poseí,
merced a Yzuf el traidor,
trujo de su borrador
el original aquí.

Don Fernando — Señora, trátala bien,
porque es mujer principal.

Halima — Como ella me sirva bien,
no la trataré yo mal.

(Entra Zara, muy bien aderezada.)

Zara — Ya queda empalado Hazén.

Halima — Señora Zara, ¿qué es esto?
No te esperaba tan presto.

Zara — No estaba el baño a mi gusto,
y víneme con disgusto
de aqueste caso funesto.

Halima — ¿Pues qué caso?

Zara — A Yzuf mató
Hazén, y el cadí, al momento,
a empalarle sentenció.
Vile morir tan contento,
que creo que no murió.
Si ella fuera de otra suerte,
tuviera envidia a su muerte.

Caurali — ¿Pues no murió como moro?

Zara — Dicen que guardó un decoro
que entre cristianos se advierte,
que es el morir confesando
al Cristo que ellos adoran.
Y estúvemele mirando,
y, entre otros muchos que lloran,
también estuve llorando,
porque soy naturalmente
de pecho humano y clemente;
en fin, pecho de mujer.

Caurali — ¿Que tal te paraste a ver?

Zara — Soy curiosa impertinente.

Caurali — ¿Estarás aquí esta tarde,
Zahara?

Zara — Sí, porque he de hacer
con Halima cierto alarde.

Caurali — ¿De soldados?

Zara — Podrá ser.

Caurali — Quedad con Alá.

Zara — Él te guarde.

(Vase Caurali.)

Halima — No te vayas tú, cristiano.

Caurali — Quédate.

Don Fernando Término llano
es éste de Berbería.

Costanza ¡Dichosa desdicha mía!

Halima ¿Por qué?

Costanza Porque en ella gano.

Zara ¿Qué ganas?

Costanza Un bien perdido
que cobré con la paciencia
de los males que he sufrido.

Zara ¡Mucho enseña la esperiencia!

Costanza Mucho he visto, y más sabido.

Zara ¿Nuevos son estos cristianos?

Halima Sus rostros mira y sus manos,
que están limpios y ellas blandas.

Don Fernando Saldréme fuera si mandas.

Halima No tengas temores vanos,
porque no tiene recelo
de ningún cautivo el moro,
ni cristiano le dio celo.
Guarda ese honesto decoro
para tu tierra.

Don Fernando
Harélo.

Halima
No hay mora que acá se abaje
a hacer algún moro ultraje
con el que no es de su ley,
aunque supiese que un rey
se encubría en ese traje.
Por eso nos dan licencia
de hablar con nuestros cautivos.

Don Fernando
¡Confiada impertinencia!

Zara
Matan los bríos lascivos
el trabajo y la dolencia,
y el gran temor de la pena
de la culpa nos refrena
a todos; que, según veo,
doquiera nace un deseo
que un buen pecho desordena.
Ven acá; dime, cristiano:
¿en tu tierra hay quien prometa
y no cumpla?

Don Fernando
Algún villano.

Zara
¿Aunque dé en parte secreta
su fee, su palabra y mano?

Don Fernando
Aunque solo sean testigos
los cielos, que son amigos
de descubrir la verdad.

Zara
¿Y guardan esa lealtad
con los que son enemigos?

Don Fernando

Con todos; que la promesa
del hidalgo o caballero
es deuda líquida expresa,
y ser siempre verdadero
el bien nacido profesa.

Halima

¿Qué te importa a ti saber
su buen o mal proceder
de aquéstos, que en fin son galgos?

Zara

Haz, ¡oh Alá!, que sean hidalgos
los que me diste a escoger.

Halima

¿Qué dices, Zara?

Zara

Nonada;
déjame a solas, si quieres,
con esta tu esclava honrada.

Halima

¡Qué amiga de saber eres!

Zara

¿A quién el saber no agrada?

Halima

Habla tú con ella, y yo
con mi esclavo.

Costanza

Al fin salió
verdad lo que yo temía.
¿Si ha de acabar Berbería
lo que España comenzó?
Allá comencé a perder,
y aquí me he de rematar;
porque bien se echa de ver

que este apartarse y hablar
se funda en un buen querer.

Zara — ¿Cómo te llamas, amiga?

Costanza — Costanza.

Zara — ¿Tendrás fatiga
de verte sin libertad?

Costanza — Más, si va a decir verdad,
otra cosa me fatiga.

Halima — La blandura o la aspereza
de las manos nos da muestra
de la abundancia o pobreza
de vosotros. Muestra, muestra:
no las huyas, que es simpleza,
porque, si eres de rescate,
será ocasión que te trate
con proceder justo y blando.

Zara — ¿Qué miras?

Costanza — Estoy mirando
un extraño disparate.

Don Fernando — Señora, a mi amo toca
el hacer esa experiencia,
aunque a risa me provoca
que a tan engañosa ciencia
deis creencia mucha o poca;
porque hay pobres holgazanes
en nuestra tierra galanes

y del trabajo enemigos.

Halima
Estas manos son testigos
de quién eres; no te allanes.

Costanza (Aparte.)
¡Ay, embustera gitana!
En esas rayas que miras
está mi desdicha llana.
¡Qué despacio las retiras,
enemigo!

Zara
¿Qué has, cristiana?

Costanza
¿Qué tengo de haber? Nonada.

Zara
¿Fuiste, a dicha, enamorada
en tu tierra?

Costanza
Y aun aquí.

Zara
¿Aquí dices? ¿Cómo ansí?
¿Luego a moro estás prendada?

Costanza
No, sino de un renegado
de fe poca y fe perjura.

Don Fernando
Harto, señora, has mirado.

Zara
Has dado en una locura
en que cristiana no ha dado.
Amar a cristianos moras,
eso vese a todas horas;
mas que ame cristiana a moro,
eso no.

Costanza
Dese decoro
reniego.

Halima
¿De qué te azoras?
Además eres esquivo.

Don Fernando
Rico, pobre, blando o fuerte,
señora, soy tu cautivo,
y tengo a dichosa suerte
el serlo.

Costanza
¡Muriendo vivo!

Zara
¿Que tanto le quieres, triste?
¿Hoy quieres, y ayer veniste?
¡Cómo amor tu pecho enciende!
Mas, ¿cómo te reprehende
la que tan mal le resiste?
Lo que en esto siento, amiga,
es que me cansa y afana
sentir que tu lengua diga
que una tan bella cristiana
le causa un moro fatiga.

Costanza
No es sino mora.

Zara
Dislates
dices; de aqueso no trates,
que es locura y vano error.

Costanza
Son en los casos de amor
extraños los disparates.

Zara — Bien el que has dicho lo allana.

Halima — ¿Qué habláis las dos?

Zara — ¡Es de precio
y discreta la cristiana!

Halima — ¡Pues el cristiano no es necio!

Costanza — Es de fe perjura y vana.

Halima — Entremos, que ya has oído
el azar, y el encendido
Sol demedia su jornada.

Don Fernando — ¡Oh, por mi bien, prenda hallada!

Costanza — ¡Oh, por mi mal, bien perdido!

(Éntranse todos.)

(Sale el Viejo, padre de los niños, y el Sacristán: el Viejo con vestido de cautivo, y el Sacristán con su mesmo vestido y con un barril de agua.)

Sacristán — No hay sino tener paciencia
y encomendarnos a Dios;
porque es necia impertinencia
dejarse morir.

Viejo — Ya vos
tenéis ancha la conciencia;
ya coméis carne en los días
vedados.

Sacristán ¡Qué niñerías!
Como aquello que me da
mi amo.

Viejo Mal os hará.

Sacristán ¡Que no hay aquí teologías!

Viejo ¿No te acuerdas, por ventura,
de aquellos niños hebreos
que nos cuenta la Escritura?

Sacristán ¿Dirás por los Macabeos,
que, por no comer grosura,
se dejaron hacer piezas?

Viejo Por ésos digo.

Sacristán Si empiezas,
en viéndome, a predicarme,
por Dios, que he de deslizarme
en viéndote.

Viejo ¿Ya tropiezas?
Que no caigas, plega al cielo.

Sacristán Eso no, porque en la fe
soy de bronce.

Viejo Yo recelo
que si una mora os da el pie,
deis vos de mano a ese celo.

Sacristán Luego, ¿no me han dado ya

más de dos lo que quizá
otro no lo desechara?

Viejo

Dádiva es que cuesta cara
a quien la toma y la da.
Pero dejémonos desto.
¿Quién es vuestro amo?

Sacristán

Mamí,
un jenízaro dispuesto
que es soldado y dabají,
turco de nación y honesto.
Dabají es cabo de escuadra
o alférez, y bien le cuadra
el oficio, que es valiente;
y es perro tan excelente,
que ni me muerde ni ladra.
Y así, a mi desdicha alabo
que, ya que me trujo a ser
cautivo, mísero esclavo,
vino a traerme a poder
de jenízaro, y que es bravo:
que no hay turco, rey ni Roque
que le mire ni le toque
de jenízaro al cautivo,
aunque a furor excesivo
su insolencia le provoque.

Viejo

Más cautiverio y más duelos
cupieron a mis dos niños,
por crecer mis desconsuelos.
Conservad a estos armiños
en limpieza, ¡oh limpios cielos!
Y si veis que se endereza

de Mahoma la torpeza
a procurar su caída,
quitadles antes la vida
que ellos pierdan su limpieza.

(Entran dos o tres muchachos morillos, aunque se tomen de la calle, los cuales han de decir no más que estas palabras:)

Moro

¡Rapaz cristiano,
non rescatar, non fugir;
don Juan no venir;
acá morir,
perro, acá morir!

Sacristán

¡Oh hijo de una puta,
nieto de un gran cornudo,
sobrino de un bellaco,
hermano de un gran traidor y sodomita!

Otro Moro

¡Non rescatar, non fugir;
don Juan no venir;
acá morir!

Sacristán

¡Tú morirás, borracho,
bardaja fementido;
quínola punto menos,
anzuelo de Mahoma, el hideputa!

Otro

¡Acá morir!

Viejo

No mientes a Mahoma,
¡mal haya mi linaje!,
que nos quemarán vivos.

Sacristán

Déjeme, pese a mí, con estos galgos.

Otro

¡Don Juan no venir;
acá morir!

Viejo

Bien de aqueso se infiera
que si él venido hubiera,
vuestra maldita lengua
no tuviera ocasión de decir esto.

Moro

¡Don Juan no venir;
acá morir!

Sacristán

Escuchadme, perritos;
venid, ¡tus, tus!, oídme,
que os quiero dar la causa
por que don Juan no viene: estadme atentos.
Sin duda que en el cielo
debía de haber gran guerra,
do el general faltaba,
y a don Juan se llevaron para serlo.
Dejadle que concluya,
y veréis cómo vuelve
y os pone como nuevos.

Viejo

¡Gracioso disparate! Ya se han ido.

(Entra un Judío.)

¿No es aquéste judío?

Sacristán

Su copete lo muestra,
sus infames chinelas,
su rostro de mezquino y de pobrete.

Trae el turco en la corona
una guedeja sola
de peinados cabellos,
y el judío los trae sobre la frente;
el francés, tras la oreja;
y el español, acémila,
que es rendajo de todos,
le trae, ¡válame Dios!, en todo el cuerpo.
¡Hola, judío! Escucha.

Judío — ¿Qué me quieres, cristiano?

Sacristán — Que este barril te cargues,
y le lleves en casa de mi amo.

Judío — Es sábado, y no puedo
hacer alguna cosa
que sea de trabajo;
no hay pensar que lo lleve, aunque me mates.
Deja venga mañana,
que, aunque domingo sea,
te llevaré docientos.

Sacristán — Mañana huelgo yo, perro judío.
Cargaos, y no riñamos.

Judío — Aunque me mates, digo
que no quiero llevallo.

Sacristán — ¡Vive Dios, perro, que os arranque el hígado!

Judío — ¡Ay, ay, mísero y triste!
Por el Dío bendito,
que si hoy no fuera sábado,

que lo llevara. ¡Buen cristiano, basta!

Viejo

A compasión me mueve.
¡Oh gente afeminada,
infame y para poco!
Por esta vez te ruego que le dejes.

Sacristán

Por ti le dejo; vaya
el circunciso infame;
mas, si otra vez le encuentro,
ha de llevar un monte, si le llevo.

Judío

Pies y manos te beso,
señor, y el Dío te pague
el bien que aquí me has hecho.

(Vase el Judío.)

Viejo

La pena es ésta de aquel gran pecado.
Bien se cumple a la letra
la maldición eterna
que os echó el ya venido,
que vuestro error tan vanamente espera.

Sacristán

Adiós, que ha mucho tiempo
que estoy contigo hablando,
y, aunque mi amo es noble,
temo no le avillane mi pereza.

(Toma su barril y vase.)

(Salen Juanico y Francisco, que ansí se han de llamar los hijos del viejo; vienen vestidos a la turquesca de garzones, saldrá con ellos la señora Catalina, vestida de garzón, y un Cristiano, como cautivo, Costanza y don Fernando, de cautivo, y

Julio, de cautivo, que traen las tersas y vestidos de los garzones, y las guitarras y el rabel. Don Fernando ha de hacer salida.)

Viejo

¿No son mis prendas aquéstas?
¿Cómo vienen adornadas
de regocijo y de fiestas?
Prendas por mi bien halladas,
¿qué bizarrías son éstas?
Harto costoso ropaje
es éste. ¿Qué se hizo el traje
que mostraba en mil semejas
que érades de Cristo ovejas,
aunque de pobre linaje?

Juanico

Padre, no le pene el ver
que hemos vestido trocado,
que no se ha podido hacer
otra cosa; y, bien mirado,
de aquesto no hay que temer,
porque si nuestra intención
está con firme afición
puesta en Dios, caso es sabido
que no deshace el vestido
lo que hace el corazón.

Francisco

Padre, ¿tiene, por ventura,
qué darme de merendar?

Viejo

¿Hay tan simple criatura?

Juanico

¿Simple? Pues déjenlo estar,
que él mostrará su cordura.

Julio

Amigo, no nos detenga;

y, si gusta dello, venga
con nosotros.

Juanico
No, señor;
quedarse será mejor.

Francisco
Padre mío, tome, tenga:
una cruz que me han quitado
me ponga en este rosario.

Viejo
Yo os la pondré de buen grado,
depósito y relicario
de mi alma.

Juanico
Padre honrado,
déjenos ir, que tardamos.

(Ambrosio, que es la señora Catalina.)

Ambrosio
Pues, amigos, ¿Dónde vamos?

Julio
Aunque está de aquí un buen rato,
al jardín de Agimorato.

Don Fernando
Pues, ¡sus!, no nos detengamos.

Julio
Allí podremos a solas
danzar, cantar y tañer
y hacer nuestras cabriolas:
que el mar no suele tener
siempre alteradas sus olas.
Demos vado a la pasión,
cuanto más, que es la intención
del cadí que nos holguemos,

y que los viernes tomemos
honesta recreación.

Don Fernando

¿Quién le dijo que tenía
yo buena voz?

Julio

No sé, a fe;
algún cautivo sería,
y el cadí me dijo: «Ve,
y dile de parte mía
a Caurali que me mande
a su cristiano el más grande,
de la buena voz». Yo fui,
habléle, envióos aquí;
no sé más.

Juanico

No se desmande,
padre, en venirnos a ver,
que se enojará nuestramo
y nos dará en qué entender.

Francisco

Padre, Francisco me llamo,
no Azán, Alí ni Jaer;
cristiano soy, y he de sello,
aunque me pongan al cuello
dos garrotes y un cuchillo.

Juanico

¿Veis cómo sabe decillo?
Pues mejor sabrá hacello.

Don Fernando

No pasemos adelante,
que bien estamos aquí.

Julio

Sea ansí, y algo se cante.

(Ambrosio, que le ha de hacer la señora Catalina.)

Ambrosio ¿Qué decís, que no os oí?

Julio Que cantes, porque me encante.

Don Fernando ¿Es sordo?

Julio Un poco es teniente
de los oídos.

Ambrosio ¿No hay gente
que nos oiga? Bien decís;
y, pues que todos venís,
comencemos tristemente.
Aquel romance diremos,
Julio, que tú compusiste,
pues de coro le sabemos,
y tiene aquel tono triste
con que alegrarnos solemos.

(Cantan este romance:)

A las orillas del mar,
que con su lengua y sus aguas,
ya manso, ya airado, llega
del perro Argel las murallas,
con los ojos del deseo
están mirando a su patria
cuatro míseros cautivos
que del trabajo descansan;
y al son del ir y volver
de las olas en la playa,

con desmayados acentos
esto lloran y esto cantan:
¡Cuán cara eres de haber, oh dulce España!
Tiene el cielo conjurado
con nuestra suerte contraria
nuestros cuerpos en cadenas,
y en gran peligro las almas.
¡Oh si abriesen ya los cielos
sus cerradas cataratas,
ya en vez de agua aquí lloviesen
pez, resina, azufre y brasas!
¡Oh, si se abriese la tierra,
y escondiese en sus entrañas
tanto Datán y Virón,
tanto brujo y tanta maga!
¡Cuán cara eres de haber, oh dulce España!

Francisco

Padre, hágales cantar
aquel cantar que mi madre
cantaba en nuestro lugar.
¿Qué dice? ¿No quiere, padre?

Viejo

¿Cómo decía el cantar?

Francisco

Ando enamorado,
no diré de quién;
allá miran ojos
donde quieren bien.

Viejo

Bien al propósito fuera,
pues que los del alma miran
desde esta infame ribera
la patria por quien suspiran,
que huye y no nos espera.

Julio

¡Extremado es Francisquito!
Canta tú, Ambrosio, un poquito
lo que sueles a tus solas,
que te escucharán las olas
del mar con gusto infinito.

(Ambrosio cante solo:)

Ambrosio

Aunque pensáis que me alegro,
conmigo traigo el dolor.
Aunque mi rostro semeja
que de mi alma se aleja
la pena, y libre la deja,
sabed que es notorio error:
conmigo traigo el dolor.
Cúmpleme disimular
por acabar de acabar,
y porque el mal, con callar,
se hace mucho mayor,
conmigo traigo el dolor.

(Entran el Cadí y Caurali.)

Juanico

No más, que viene el cadí.
Padre, no os halle aquí a vos.

Don Fernando

Con él viene Caurali.

Viejo

¡Queridas prendas, adiós!

Cadí

Perro, ¿vos estáis aquí?
¿No te he dicho yo, malvado,
que te quites del cuidado

del ver tus hijos?

Francisco
¿Por qué?
¿No es mi padre? ¡A buena fe,
que he de verle, mal su grado!

Juanico
Calla, Francisquito, hermano,
que, en lo que dices, incitas
en nuestro daño al tirano.

Francisco
¿Ver nuestro padre nos quitas?
Nunca tú eres buen cristiano.
Padre, lléveme consigo,
que me dice este enemigo
tantas de bellaquerías.

Cauralí
¡Qué discretas niñerías!
Decid: ¿qué esperáis, amigo?

(Vase el Viejo.)

Cadí
Perro, si otra vez dejáis
que los hable aquel perrón,
vos veréis lo que lleváis.

Julio
Pedazos del alma son.

Cadí
Perro, ¿qué me replicáis?

Cauralí
Tente, que no dice nada.

Francisco
¡Válame Dios, qué alterada
está la mora garrida!

Juanico ¡Calla, hermano, por tu vida!

Caurali Él tiene gracia extremada.

Cadí ¿Veisle? Sabed que le adoro,
y que pienso prohijalle
después que le vuelva moro.

Francisco Pues sepa que he de burlalle,
aunque me dé montes de oro;
y, aunque me dé tres reales
justos, enteros, cabales,
y más dos maravedís.

Cadí Destas gracias, ¿qué decís?

Caurali Que son sobrenaturales.

Cadí Veníos tras mí a la ciudad.

Caurali Yo quiero hablar con mi esclavo.

Cadí Pues, ¡sus!, con Alá os quedad.

Caurali Con él vais. Ya estáis al cabo
de mi gran necesidad.

(Vase el Cadí y todos, sino Don Fernando y Caurali.)

Don Fernando Digo que yo la hablaré
en yendo a casa, y haré
por servirte lo posible,
aunque más dura o terrible
que un áspid o un monte esté.

Dame lugar para hablalla,
y déjame hacer, señor.

Caurali — Si vienes a conquistalla,
llevarás, cual vencedor,
el premio de la batalla.

Don Fernando — Yo lo creo.

Caurali — Decir quiero
que, amén de mucho dinero,
te daré la libertad.

Don Fernando — De tu liberalidad,
aun más mercedes espero.

(Éntranse.)

(Salen don Lope y Vivanco.)

Don Lope — Veisnos aquí en libertad
por el más extraño caso
que vio la cautividad.

Vivanco — ¿Pensáis que esto ha sido acaso?
¡Misterio tiene, en verdad!
Dios, que quiere que esta mora
vaya a tierra do se adora
su nombre, movió su intento
para ser el instrumento
del bien que a los tres mejora.

Don Lope — Dijo en su postrer billete
que un viernes quizá saldría

al campo por Vavalvete,
y que se descubriría
con cierta industria promete.
También escribió en el fin
que sepamos el jardín
de su padre, Agimorato,
do a nuestra comedia y trato
se ha de dar felice fin.

Vivanco — Tres mil escudos han sido
los que en veces nos ha dado.

Don Lope — En libertarnos se han ido
los dos mil.

Vivanco — Más se ha ganado
de lo que habemos perdido.
Y más, si acaso se gana
esta alma, en obras cristiana,
aunque en moro cuerpo mora.
¿Mas, si fuese ésta la mora?

Don Lope — Si es ella, ¡a fe que es lozana!

(Entran Zara y Halima, cubiertos los rostros con sus almalafas blancas; y vienen con ellas, vestidas como moras, Costanza y la señora Catalina, que no ha de hablar sino dos o tres veces.)

Mas, ¿cuál será de las dos?
Que las otras son cautivas.

Halima — Con todo, yo sé de vos
que si le habláis...

Costanza
No vivas
sin esperanza, por Dios,
que yo me ofrezco de hablalle,
de inclinalle y de forzalle
a que te venga a adorar;
mas hasme de dar lugar
para que pueda tratalle.

Halima
Cuanto quisieres, amiga,
tendrás; por eso no quedes
de remediar mi fatiga.

Zara
Camina, Alima, si puedes.

Costanza
A más tu bondad me obliga.

Zara
Mira, Costanza, y advierte
si de aquellos dos, por suerte,
es tu conocido alguno.

Costanza
Yo no conozco ninguno.

Vivanco
Si es ella, es dichosa suerte,
porque parece en el brío
hermosa sobremanera.

Zara
Perritos son de buen brío.
¡Oh, quién hablarlos pudiera!

Halima
Como allí estuviera el mío,
yo me llegara a hablallos.

Zara
Costanza, vuelve a mirallos,
y dime si echas de ver

que es noble su parecer.

Catalina
¿Para qué?

Zara
Para comprallos.

Costanza
Éste de la izquierda mano
me parece caballero;
y aun el otro no es villano.

Zara
Verlos de más cerca quiero.

Halima
¡Que no esté aquí mi cristiano!

Zara
Entrambos me satisfacen.

Vivanco
¡Qué de represas me hacen!
Lleguémonos hacia allá.

Don Lope
No, que ellas vienen acá.

Vivanco
Su brío y su vista aplacen.

Zara
¡Ay, Alá! ¿Quién me picó?
Mira por aquí, Costanza,
si es avispa. Amarga yo,
que parece que una lanza
por el cuello se me entró.
Sacude bien esa toca,
que casi me vuelvo loca
en ver lo que veo. ¡Ay, triste!
¿Matástela? ¿No la viste?
Sacude más; mira y toca.
¡Si está aquí!

Costanza — Yo no veo nada.

Zara — ¡Llegado me ha al corazón
esta no vista picada!

Costanza — Del avispa el aguijón
es cosa muy enconada;
mas temo no fuese araña.

Zara — Si fue araña, fue de España;
que las de Argel no hacen mal.

Don Lope — ¿Hase visto industria tal?
¿Hay tan discreta maraña?

Halima — Zara, no estés descompuesta;
torna a ponerte tu toca.

Zara — Aun el aire me molesta.

Halima — Esta desgracia, aunque poca,
turbado nos ha la fiesta.

Vivanco — ¿Qué os parece?

Don Lope — Que parece
que la ventura me ofrece
cuanto puedo desear.

Vivanco — Volvióse el Sol a eclipsar;
ya su luz desaparece.

Zara — ¿No sabrás de aquel cautivo,

Costanza, si es español?

Costanza — En eso, gusto recibo.

Don Lope — Torna a descubrirte, ¡oh Sol!,
en cuyas luces avivo
el ser, el entendimiento,
la ventura y el contento
que en tu posesión se alcanza.

Zara — Pregúntaselo, Costanza.

Halima — ¿Cómo estás?

Zara — Mejor me siento.

Costanza — Gentilhombre, ¿sois de España?

Don Lope — Sí, señora; y de una tierra
donde no se cría araña
ponzoñosa, ni se encierra
fraude, embuste ni maraña,
sino un limpio proceder,
y el cumplir y el prometer
es todo una misma cosa.

Zara — Pregúntale si es hermosa,
si es casado, su mujer.

Costanza — ¿Sois casado?

Don Lope — No, señora;
pero serélo bien presto
con una cristiana mora.

Costanza
¿Cómo es eso?

Don Lope
¿Cómo es esto?
Poco sabe quien lo ignora.
Mora en la incredulidad,
y cristiana en la bondad,
es la que ha de ser mi dueño.

Costanza
Yo os entiendo como un leño.

Zara
¡Plega Alá digáis verdad!

Halima
Pregúntale si es esclavo,
o si es libre.

Don Lope
Ya os entiendo;
de ser cautivo me alabo.

Zara
Cuanto dice comprendo,
y de todo estoy al cabo.

Don Lope
Presto pisaré de España,
con gusto y con gloria extraña,
las riberas, y mi fe
firme entonces mostraré.

Zara
Gracias a Alá y a una caña.

Halima
Cristianos, quedaos atrás,
porque en la ciudad entramos.

(Éntranse las Moras.)

Vivanco — Obedecida serás.

Don Lope — En escuridad quedamos.
Sol bello, ¿cómo te vas?
De cautividad sacaste
el cuerpo que rescataste
con tu liberalidad;
pero más con tu beldad
al alma yerros echaste.
En fe de lo que en ti he visto,
del deseo que te doma,
de adorarte no resisto,
no por prenda de Mahoma,
sino por prenda de Cristo.
Yo te llevaré a do seas
todo aquello que deseas,
aunque mil vidas me cueste.

Vivanco — Vamos, que el dolor es éste;
no por ahí, que rodeas.

(Éntranse.)

(Sale el Sacristán con una cazuela mojí, y tras él el Judío.)

Judío — Cristiano honrado, así el Dío
te vuelva a tu libre estado,
que me vuelvas lo que es mío.

Sacristán — No quiero, judío honrado;
no quiero, honrado judío.

Judío — Hoy es sábado, y no tengo
qué comer, y me mantengo

de aqueso que guisé ayer.

Sacristán
Vuelve a guisar de comer.

Judío
No, que a mi ley contravengo.

Sacristán
Rescátame esta cazuela,
y en dártela no haré poco,
porque el olor me consuela.

Judío
No puedo en mucho ni en poco
contratar.

Sacristán
Pues llevaréla.

Judío
No la lleves; ves aquí
lo que costó.

Sacristán
Sea ansí,
que a los dos es de provecho.
¿Dó el dinero?

Judío
Aquí, en el pecho
lo tengo, ¡amargo de mí!

Sacristán
Pues venga.

Judío
Sácalo tú,
que mi ley no me concede
el sacarlo.

Sacristán
¡Bercebú
así te lleve cual puede,
descendiente de Abacú!

Aquí tienes quince reales
justos de plata y cabales.

Judío

No contrates tú conmigo;
conciértalo allá contigo.

Sacristán

Di, cazuela: ¿cuánto vales?
«Paréceme a mí que valgo
cinco reales, y no más.»
¡Mentís, a fe de hidalgo!

Judío

¡Qué sobresaltos me das,
cristiano!

Sacristán

Pues hable el galgo.
¿Que no quieres alargarte?
Mas quiero crédito darte:
tomadla, y andad con Dios.

Judío

¿Los diez?

Sacristán

Son por otras dos
cazuelas que pienso hurtarte.

Judío

¿Y pagaste adelantado?

Sacristán

Y, aun si bien hago la cuenta,
creo que voy engañado.

Judío

¿Que hay Cielo que tal consienta?

Sacristán

¿Que hay tan gustoso guisado?
No es carne de landrecillas,
ni de la que a las costillas

se pega el bayo que es trefe.

Judío

¡Haced, cielos, que me deje
este ladrón de cosillas!

(Éntrase el Judío.)

Sacristán

¿De cosillas? ¡Vive Dios,
que os tengo de hurtar un niño
antes de los meses dos;
y aun si las uñas aliño...!
¡Dios me entiende! ¡Vámonos!

(Éntrase.)

(Salen Don Fernando y Costanza.)

Don Fernando

Subí, cual digo, aquella peña, adonde
las fustas vi que ya a la mar se hacían.
Voces comencé a dar; mas no responde
ninguno, aunque muy bien todos me oían.
Eco, que en un peñasco allí se esconde,
donde las olas su furor rompían,
teniendo compasión de mi tormento,
respuesta daba a mi postrero acento.
Las voces reforcé; hice las señas
que el brazo y un pañuelo me ofrecía;
Eco tornaba, y de las mismas peñas
los amargos acentos repetía.
Mas, ¿qué remedio, Amor, hay que no enseñas
para el dolor que causa tu agonía?
Uno sé me enseñaste, de tal suerte,
que hallé la vida do busqué la muerte.
El corazón, que su dolor desagua

por los ojos en lágrimas corrientes,
humor que hace en la amorosa fragua
que las ascuas se muestren más ardientes;
el cuerpo hizo que arrojase al agua
sin peligros mirar ni inconvenientes,
juzgando que alcanzaba honrosa palma
si llegaba a juntarse con su alma.
Arrojando las armas, arrojéme
al mar, en amoroso fuego ardiendo,
y otro Leandro con más luz tornéme,
pues iba aquella de tu luz siguiendo.
Cansábanse los brazos, y esforcéme,
por medio de la muerte y mar rompiendo,
porque vi que una fusta a mí volvía
por su interese y por ventura mía.
Un corvo hierro un turco echó, y asióme,
inútil presa, y con muy gran fatiga
al bajel enemigo al fin subióme,
y de mi historia no sé más qué diga.
Entre los suyos Cauralí contóme;
su mujer me persigue y mi enemiga,
él te persigue a ti. ¡Mira si es cuento
digno de admiración y sentimiento!

Costanza

Si tú a los ruegos de Halima
estás fuerte, cual espero,
yo me mostraré a la lima
de Cauralí duro acero,
impenetrable y de estima.
Aunque será menester,
para que nos dejen ver,
alivio de nuestro mal,
darles alguna señal
de amoroso proceder.

Rogóte a ti Cauralí
que me hablases, y Halima
me pidió que hablase a ti.

Don Fernando

Otra cosa me lastima
más que su pena.

Costanza

Y a mí.

Don Fernando

Pues rompan estos abrazos
sus designios en pedazos;
que, mientras esto se alcance,
no hay temer desvelo o trance,
pues tengo al cielo en mis brazos.

(Entran Cauralí y Halima, y venlos abrazados.)

Aprieta, querida esposa,
que, en tanto que en este cielo
mi afligida alma reposa,
no hay mal que me dé en el suelo
la Fortuna rigurosa.

Cauralí

¡Oh perro! ¿Tú con mi esclava?
¿Cómo el cielo no te acaba?

Halima

¡Perra! ¿Tú con mi cautivo?
¿Cómo sin matarte vivo?
¡Esto es lo que yo esperaba,
perra!

Cauralí

¡Perro!

Halima

¡Perra!

Cauralí — ¡Perro!

Halima — Desta perra es la maldad;
que no nació dél el yerro.

Cauralí — Dél nació, y esto es verdad,
y sé bien que no me yerro.
¡Yo os sacaré el corazón,
perro!

Halima — ¡Perra, esta traición
me pagarás con la vida!

Don Fernando — ¡Oh, cuán mal está entendida,
señores, nuestra intención!
Aquel abrazo que viste,
Costanza a ti le enviaba.

Cauralí — ¿Qué dices?

Don Fernando — Lo que oyes, triste.

Costanza — En tu nombre se fraguaba
el favor que interrumpiste.
¡Colérica eres, a fe!

Don Fernando — Esto entiende y esto cree.

Halima — ¿Qué dices, amiga mía?

Costanza — Si éste se perdió, otro día
otros cuatro cobraré.

Caurali

¿Es lo que has dicho verdad?

Don Fernando

Pues, ¿a qué te he de mentir?

Caurali

Ten cierta tu libertad.

Halima

Más os pudiera reñir
este amor o liviandad;
pero déjolo hasta ver
si proseguís en hacer
esto que he visto y no creo.

Caurali

Halima, en mil cosas veo
que eres prudente mujer,
y más en esto; que pienso
que éstos, cual nuevos cristianos,
dieron a su gusto el censo;
que a cautivos y paisanos,
les da el verse gusto inmenso;
y, como solos se hallaron,
sus penas comunicaron.

Halima

Y aun las ajenas también.

Caurali

Esto no me suena bien.

Costanza

Entrambos adivinaron.

Caurali

¿Por ventura sabe Halima
cosa desto?

Halima

¿Por ventura
a Caurali le lastima
tu amor?

Costanza ¡Aqueso es locura!

Don Fernando Tal sospecha no te oprima,
que no ha caído en la cuenta.

Costanza Señora, vive contenta
y sin sospecha en tu daño.

Caurali Fácil se cae en un engaño.

Costanza Y tarde se alza una afrenta.

Caurali Haz cuanto puedes y sabes.

Halima No te descuides en nada.

Caurali Bien es tu cólera acabes.

Halima Tenla ya por acabada.
Entra y dame aquellas llaves.

(Éntrase Halima y Costanza.)

Caurali Tú vente al Zoco conmigo.

Don Fernando ¡Amor, puesto que te sigo
con el alma y con los pasos,
tus enredos y tus pasos
bendigo en parte y maldigo!

(Éntranse.)

(Juanico y Francisquito, trompando con un trompo.)

Francisquito

Tú, que turbas mi quietud,
porque los sollozos rompo
que nacen de tu virtud,
¿has visto más lindo trompo,
ansí Dios te dé salud?

Juanico

Deja de echar esos lazos,
que otros de más embarazos
esperan nuestras gargantas.

Francisquito

¿Pues desto, hermano, te espantas?
Yo los haré mil pedazos.
No pienses que he de ser moro,
por más que aqueste inhumano
me prometa plata y oro,
que soy español cristiano.

Juanico

Eso temo y eso lloro.

Francisquito

Como tengo pocos días,
de mi valor desconfías.

Juanico

Ansí es.

Francisquito

Pues imagina
que tengo fuerza divina
contra humanas tiranías.
No sé yo quién me aconseja
con voz callada en el pecho,
que no la siento en la oreja,
y de morir satisfecho
y con gran gusto me deja;
dícenme, y yo dello gusto,

que he de ser un nuevo Justo
y tú otro nuevo Pastor.

Juanico

Hazlo ansí, divino amor,
que con tu querer me ajusto.
Deja aquesta niñería
del trompo, ¡por vida mía!,
y repasemos los dos
las oraciones de Dios.

Francisquito

Bástame el Avemaría.

Juanico

¿Y el Padrenuestro?

Francisquito

También.

Juanico

¿Y el Credo?

Francisquito

Séle de coro.

Juanico

¿Y la Salve?

Francisquito

¡Aunque me den
dos trompos, no seré moro!

Juanico

¡Qué niñería!

Francisquito

Pues bien:
¿Piensas que me estoy burlando?

Juanico

Estamos cosas tratando
como si fuésemos hombres,
¿y es bien que el trompo aquí nombres?

Francisquito

¿He de estar siempre llorando?
Mi fe, hermano, tened cuenta
con vos, y mirad no os hunda
de Mahoma la tormenta;
que yo encubro en esta funda
un alma de Dios sedienta;
y ni el trompo, ni el cordel,
ni las fuentes que en Argel
y en sus contornos están,
mi sed divina hartarán,
ni se ha de hartar sino en él.
Y así, os digo, hermano mío;
que, por ver mis niñerías,
no penséis que estoy sin brío,
porque en las entrañas mías
no hay lugar de Dios vacío.
Tened cuidado de vos,
y encomendaos bien a Dios
en la afrenta que amenaza;
si no, yo saldré a la plaza
a pelear por los dos.
Tengo yo el Ave María
clavada en el corazón,
y es la estrella que me guía
en este mar de aflicción
al puerto del alegría.

Juanico

Dios en tu lengua se mira,
y por eso no me admira
el ver que hables tan alto.

Francisquito

No os turbará sobresalto
si en ella ponéis la mira.

Juanico
¡Ay de nosotros, que viene
el cadí con su porfía!
Mostrar ánimo conviene.

Francisquito
Acude al Ave María;
verás qué fuerzas que tiene.

(Entra el Cadí y el Carahoja, amo del desorejado.)

Cadí
Pues, hijos, ¿en qué entendéis?

Juanico
En trompear, como veis,
mi hermano, señor, entiende.

Carahoja
Es niño y, en fin, atiende
a su edad.

Cadí
Y vos, ¿qué hacéis?

Juanico
Rezando estaba.

Cadí
¿Por quién?

Juanico
Por mí, que soy pecador.

Cadí
Todo aqueso esta muy bien.
¿Qué rezábades?

Juanico
Señor,
lo que sé.

Francisquito
Respondió bien.
Rezaba el Ave María.

(Trompa Francisco.)

Cadí
Dejar el trompo podría
delante de mí, Bairán.

Francisquito
¡Buen nombre puesto me han!

Carahoja
Todo aquello es niñería.

Cadí
Este rapaz me da pena.
Deja, Bairán, la porfía,
que a gran daño te condena.
¿Qué dices?

Francisquito
Ave María.

Cadí
¿Qué respondes?

Francisquito
Gracia plena.

Carahoja
Este mayor es maestro
del menor.

Juanico
Yo no le muestro:
que él, por sí, habilidad tiene.

Francisquito
¡Oh, cuán de molde que viene
decir aquí el Padrenuestro!

Juanico
Pues faltan los de la tierra,
bien es acudir al cielo.
¿Dó nuestro padre se encierra?

Francisquito
A su tiempo llamarélo.

Juanico
Ya se comienza la guerra.

Francisquito
Porque todo al justo cuadre,
lo postrero que mi madre
me enseñó quiero decir,
que es bueno para el morir.

Cadí
¿Qué has de decir?

Francisquito
Creo en Dios Padre.

Cadí
¡Por Alá, que a su ruina
me dispongo!

Francisquito
¿Ya os turbáis?
Pues si es que aquesto os indina,
¿qué hará cuando me oyáis
decir la Salve Regina?
Para vuestras confusiones,
todas las cuatro oraciones
sé, y sé bien que son escudos
a tus alfanjes agudos
y a tus torpes invenciones.

Carahoja
Con no más de alzar el dedo
y decir: «llá, ilalá»,
te librarás deste miedo.

Francisquito
En la cartilla no está
eso, que decir no puedo.

Juanico
Ni quiero, has de añadir.

Francisquito

Ya yo lo iba a decir.

Cadí

¡Esto es cansarnos en balde!
Éste, a mi instancia llevadle,
y estotro, que han de morir.

(Arroja el trompo y desnúdase.)

Francisquito

¡Ea!, vaya el trompo afuera,
y este vestido grosero,
que me vuelve el alma fiera,
y es bien que vaya ligero
quien se atreve a esta carrera.
¡Ea!, hermano, sed pastor
con esfuerzo y con valor,
que tras vos irá con gusto
un pecadorcito justo
por la gracia del Señor!
¡Ea!, tiranos feroces,
mostrad vuestras manos listas,
y bien agudas las hoces,
para segar las aristas
destas gargantas y voces;
que en esta extraña porfía,
adonde la tiranía
toda su rabia convoca,
no sacaréis de mi boca
sino...

Juanico

¿Qué?

Francisquito

Un Avemaría.

Carahoja

Entremos, que ya el regalo

les hará mudar de intento
más que el azote y el palo.

Cadí

Por cien mil señales siento 2015
que va mi partido malo;
que el mayor es en extremo
callado y sagaz. ¡Blasfemo
seré del mismo Mahoma,
si estos rapaces no doma! 2024

Francisquito

¿No le temes?

Juanico

No le temo.

Fin de la Jornada segunda

Jornada tercera

(Salen el Guardián Bají y otro Moro.)

Guardián

Por diez escudos no daré mi parte.
Sentaos y no dejéis entrar alguno,
si no pagan dos ásperos muy buenos.

Moro

La Pascua de Natal, como ellos llaman,
venticinco ducados se llegaron.

Guardián

Los españoles, por su parte, hacen
una brava comedia.

Moro

Son saetanes;
los mismos diablos son; son para todo.
Ya descuelgan cristianos a su misa.

(Entran Vivanco, don Fernando, don Lope, el Sacristán, el padre de los niños; trae don Fernando los calzones del Sacristán.)

Don Fernando

Veislos aquí, que no me los he puesto;
antes Costanza les echó un remiendo
en parte do importaba, y de su mano.

Sacristán

De molde vienen para la comedia;
agora me los chanto. ¡Sus, entremos!

Guardián

¿Adónde vais, cristiano?

Padre

Yo, a oír misa.

Moro

Pues paga.

Padre — ¿Cómo, paga? ¿Aquí se paga?

Guardián — ¡Bien parece que es nuevo el padre viejo!

Moro — Dos ásperos, o apártate, camina.

Padre — No los tengo, por Dios.

Moro — Pues ve y ahórcate.

Don Lope — Yo pagaré por él.

Moro — Eso en buen hora.

Sacristán — Fende, déjeme entrar, y este pañuelo,
que no ha media hora que hurté a un judío,
tome por prenda, o déme lo que vale,
que lo daré no más de por el costo,
o muy poquito más.

Guardián — Con otros cuatro
quedas muy bien pagado.

Sacristán — Vengan, y entro.

Moro — ¡Ea!, acudid a entrar, que se hace tarde.
Con los del rey, yo apostaré que pasen
de dos mil los que están en el banasto.
Entremos a mirar desde la puerta
cómo dicen su misa, que imagino
que tienen grande música y concierto.

Guardián — Poneos tras el postigo, y veréis todo
cuanto hacen los cristianos en el patio,

porque es cosa de ver.

Moro — Ya los he visto.
Hoy dicen que tornó a vivir su Cristo.

(Éntranse.)

(Salen al teatro todos los cristianos que haya, y Osorio entre ellos, y el Sacristán, puestos los calzones que le dio don Fernando.)

Osorio — Misterio es éste no visto.
Veinte religiosos son
los que hoy la Resurreción
han celebrado de Cristo
con música concertada,
la que llaman contrapunto.
Argel es, según barrunto,
arca de Noé abreviada:
aquí están de todas suertes,
oficios y habilidades,
disfrazadas calidades.

Vivanco — Y aun otra cosa, si adviertes,
que es de más admiración,
y es que estos perros sin fe
nos dejen, como se ve,
guardar nuestra religión.
Que digamos nuestra misa
nos dejan, aunque en secreto.

Osorio — Más de una vez, con aprieto
se ha celebrado y con prisa;
que una vez, desde el altar,
al sacerdote sacaron

revestido, y le llevaron
por las calles del lugar
arrastrando; y la crueldad
fue tal que con él se usó,
que en el camino acabó
la vida y la libertad.
Mas dejémonos de aquesto,
y a nuestra holgura atendamos,
pues que nos dan nuestros amos
hoy lugar para hacer esto.
De nuestras Pascuas tenemos
los primeros días por nuestros.

Don Lope — ¿Y qué? ¿Hay músicos?

Osorio — Y diestros;
los del cadí llamaremos.

Vivanco — Aquí están.

Osorio — Y aquél que ayuda
al coloquio ya está aquí.

Don Fernando — ¡Bien cantan los del cadí!

Osorio — Antes que más gente acuda,
el coloquio se comience,
que es del gran Lope de Rueda,
impreso por Timoneda,
que en vejez al tiempo vence.
No pude hallar otra cosa
que poder representar
más breve, y sé que ha de dar
gusto, por ser muy curiosa

su manera de decir
en el pastoril lenguaje.

Vivanco
¿Hay pellizcos?

Osorio
De ropaje
humilde; y voyme a vestir.

Vivanco
¿Quién canta?

Osorio
Aquí el sacristán,
que tiene donaire en todo.

Vivanco
¿Hay loa?

Osorio
¡De ningún modo!

(Éntrase Osorio y el Sacristán.)

Vivanco
¡Oh, qué mendigos están!
En fin: comedia cautiva,
pobre, hambrienta y desdichada,
desnuda y atarantada.

Don Lope
La voluntad se reciba.

(Entra Caurali.)

Caurali
Sentaos, no os alborotéis,
que vengo a ver vuestra fiesta.

Don Fernando
Quisiera que fuera ésta,
fende, cual la merecéis.

Don Lope — Aquí os podéis asentar,
que yo me quedaré en pie.

Caurali — No, no, amigo, siéntate,
que salen a comenzar.

Don Lope — Ya salen; sosiego y chite,
que cantan.

Vivanco — Mejor sería
que llorasen.

Don Fernando — Este día
lágrimas no las permite.

(Canten lo que quisieren.)

Vivanco — La música ha sido hereje;
si el coloquio así sucede,
antes que la rueda ruede,
se rompa el timón y el eje.

(En acabando la música, dice el Sacristán. Todo cuanto dice agora el Sacristán, lo diga mirando al soslayo a Caurali:)

Sacristán — ¿Qué es esto? ¿Qué tierra es ésta?
¿Qué siento? ¿Qué es lo que veo?
De réquiem es esta fiesta
para mí, pues un deseo
más que mortal me molesta.
¿Dónde se encendió este fuego,
que tiene, entre burla y juego,
el alma ceniza hecha?
De Mahoma es esta flecha,

de cuya fuerza reniego.
Como cuando el Sol asoma
por una montaña baja,
y de súbito nos toma
y con su vista nos doma
nuestra vista y la relaja;
como la piedra balaja,
que no consiente carcoma,
tal es el tu rostro, Aja,
dura lanza de Mahoma,
que las mis entrañas raja.

Cauralí

¿Es esto de la comedia,
o es bufón este cristiano?

Sacristán

Si mi dolor no remedia
su bruñida y blanca mano,
todo acabará en tragedia.
¡Oh mora la más hermosa,
más discreta y más graciosa
que la fama nos ofrece,
desde do el alba amanece
hasta donde el Sol reposa!,

(Dice esto mirando a Cauralí.)

Mahoma en su compañía
te tenga siglos sin cuento.

Cauralí

¿Este perro desvaría,
o entra aquesto en el cuento
de la fiesta deste día?

Don Fernando

Calla, Tristán, y ten cuenta,

porque ya se representa
el coloquio.

Sacristán — Sí haré;
pero no sé si podré,
según el diablo me tienta.

(Sale Guillermo, pastor.)

Guillermo — «Si el recontento que trayo,
venido tan de rondón,
no me le abraza el zurrón,
¿cuales nesgas pondré al sayo,
y qué ensanchas al jubón?»

Sacristán — ¡Vive Dios, que se me abrasa
el hígado, y sufro y callo!

Guillermo — Si es que esto adelante pasa,
muy mejor será dejallo.

Sacristán — ¿Quién encendió aquesta brasa?

Don Lope — Tristán, amigo, escuchad,
pues sois discreto, y callad,
que ésa es grande impertinencia.

Sacristán — Callaré y tendré paciencia.

Guillermo — ¿Comienzo?

Don Lope — Sí, comenzad.

Guillermo — «Si el recontento que trayo,

venido tan de rondón,
no me lo abraza el zurrón,
¿cuales nesgas pondré al sayo,
o qué ensanchas al jubón?
Y si, al contarlo extremeño,
con un donaire risueño,
ayer me miró Costanza,
¿qué turba habrá ya o mudanza
que no le pase por sueño?
Esparcíos, las mis corderas,
por las dehesas y prados;
mordey sabrosos bocados,
no temáis las venideras
noches de nubros airados;
antes os anday esentas,
brincando de recontentas.
No os aflija el ser mordidas
de las lobas desambridas,
tragantonas, malcontentas;
y, al dar de los vellocinos,
venid simpres, no ronceras,
rumiando por las laderas,
a jornaleros vecinos,
o al corte de sus tijeras;
que el sin medida contento,
cual no abarca el pensamiento,
os librará de lesión,
si al dar del branco vellón
barruntáis el bien que siento.
Mas, ¿quién es este cuitado
que asoma acá entellerido,
cabizbajo, atordecido,
barba y cabello erizado,
desairado y mal erguido?»

Sacristán

¿Quién ha de ser? Yo soy, cierto,
el triste y desventurado,
vivo en un instante y muerto,
de Mahoma enamorado.

Caurali

¡Echadle fuera a este loco!

Sacristán

¡Tu divina boca invoco,
Aja, de mil azahares,
boca de quitapesares
a quien desde lejos toco!

Caurali

¡Dejádmele!

Don Fernando

No, señor,
que cuanto dice es donaire,
y es bufón el pecador.

Sacristán

¡Dios de los vientos! ¿No hay aire
para templar tanto ardor?

Guillermo

¡Ya es mucha descortesía
y mucha bufonería!
¡Échenle ya, y déjenos!

Sacristán

Yo me voy. ¡Quédate a Dios,
argelina gloria mía!

Guillermo

¿Dónde quedé?

Vivanco

No sé yo.

Don Lope

«Mas, ¿quién es este cuitado...?»,

fue el verso donde paró.

Don Fernando — Los calzones han obrado.

Guillermo — ¿Vuelvo a comenzar?

Don Fernando — No, no;
no nos turben a deshora.
Prosigue el coloquio ahora.

(Un Moro dice desde arriba:)

Moro — ¡Cristianos, estad alerta;
cerrad del baño la puerta!

Guillermo — ¡Vengas, perrazo, en mal hora!

Moro — ¡Abrid aquese cristiano,
que va herido, y cerrad presto!

Caurali — ¡Válame Alá! ¿Qué es aquesto?

Moro — ¡Oh santo Alá soberano!
Dos han muerto, y del rey son.
¡Oh crueldad jamás oída!
A todos quitan la vida
sin ninguna distinción.

(Entra un Cristiano herido, y otro sin herir.)

Don Fernando — Pasad, hermano, adelante.
¿Quién os ha herido?

Cristiano — Un archí.

Don Fernando
¿La causa?

Cristiano
Ninguna di.

Vivanco
¿Es la herida penetrante?

Cristiano
No sé; con manera fue,
y será mortal, sin duda.

Cristiano 2
Otra traigo yo más cruda,
y en parte do no se ve.

Cauralí
¿No dirás qué es esto, Alí?

Moro
Grande armada han descubierto
por la mar.

Don Fernando
¿Y aqueso es cierto?
¿Vaste, fende Cauralí?

(Vase Cauralí.)

Moro
Y los jenízaros matan
si encuentran algún cautivo,
o con furor duro esquivo
malamente le maltratan;
y aquestas voces que oís
las dan judíos, de miedo.

Guillermo
¡Todo el mundo se esté quedo!
Yo creo, Alí, que mentís,
pues no ha mucho que en España
no había ninguna nueva

de armada.

Moro — Pues esta prueba
os desmiente y desengaña;
que a fe que dicen que asoman
más de trescientas galeras,
con flámulas y banderas,
y que el rumbo de Argel toman.

Guillermo — Quizá por encantamiento
aquesta armada se ha hecho.

(Entra el Guardián Bají.)

Guardián — ¡El corazón en el pecho
no cabe, y de ira reviento!

Osorio — Pues, ¿qué hay, fendi?

Guardián — Yo me alisto
a contar la crueldad,
igual de la necedad
mayor que jamás se ha visto.
«Salió el Sol esta mañana,
y sus rayos imprimieron
en las nubes tales formas,
que, aunque han mentido, las creo.
Una armada figuraron
que venía a vela y remo
por el sesgo mar apriesa,
a tomar en Argel puerto.
Tan claramente descubren
los ojos que la están viendo,
de las fingidas galeras

las proas, popas y remos,
que hay quien afirme y quien jure
que del cómitre y remero
vio el mandar y obedecer
hacerse todo en un tiempo.
Tal hay que dice haber visto
a vuestro profeta muerto
en la gavia de una nave,
en una bandera puesto.
Muestra tan al vivo el humo
su vano y oscuro cuerpo,
y tan de cerca perciben
los oídos fuego y truenos,
que, por temor de las balas,
más de cuatro se pusieron
a abrazar la madre tierra:
tal fue el miedo que tuvieron.
Por estas formas que el Sol
ha con sus rayos impreso
en las nubes, ha en nosotros
otras mil formado el miedo.
Pensamos que ese don Juan,
cuyo valor fue el primero
que a la otomana braveza
tuvo a raya y puso freno,
venía a dar fin honroso
al desdichado comienzo
que su valeroso padre
comenzó en hado siniestro.
Los jenízaros archíes,
que están siempre zaques hechos,
dieron en matar cautivos,
por tener contrarios menos;
y si acaso el Sol tardara

de borrar sus embelecos,
no estábades bien seguros
cuantos estáis aquí dentro.
Veinte y más son los heridos,
y más de treinta los muertos.»
Ya el Sol deshizo la armada;
volved a hacer vuestros juegos.

Osorio

¡Mal podremos proseguir
tan sangrientos pasatiempos!

Cristiano 2

Pues escuchad otra historia
más sangrienta y de más peso.
El cadí, como sabéis,
tiene en su poder a un niño
de tiernos y pocos años,
el cual se llama Francisco.
Ha puesto toda su industria,
su autoridad y juicio,
mil promesas y amenazas,
mil contrapuestos partidos,
para que de bueno a bueno
esta prenda del bautismo
se deje circuncidar
por su gusto y su albedrío.
Su industria ha salido vana;
su juicio no ha podido
imprimir humanas trazas
en este pecho divino.
Por esto, según se entiende,
como afrentado y corrido,
su luciferina rabia
hoy ha esfogado en Francisco.
Atado está a una columna,

hecho retrato de Cristo,
de la cabeza a los pies
en su misma sangre tinto.
Témome que habrá espirado,
porque tan cruel martirio
mayores años y fuerzas
no le hubieran resistido.

Padre

¡Dulce mitad de mi alma,
ay de mis entrañas hijo,
detened la vida en tanto
que os va a ver este afligido!
¡En la calle de Amargura,
perezosos pies, sed listos;
veré en su ser a Pilatos
y en figura veré a Cristo!

(Éntrase el padre.)

Cristiano 2

¿Éste es su padre, señores?

Don Fernando

Su padre es este mezquino,
hidalgo y muy buen cristiano,
y somos de un pueblo mismo.
Acábense nuestras fiestas,
cesen nuestros regocijos,
que siempre en tragedia acaban
las comedias de cautivos.

(Éntranse todos.)

(Salen Zara, Halima y Costanza.)

Halima

Tu padre me rogó, amiga,

que viniese en un momento
a componerte.

Zara — ¡Su intento
todo el cielo le maldiga!

Halima — ¿Pues cásaste con un rey
y muéstraste desabrida?
Y más, que es cosa sabida
que es gentilhombre Muley.
Sin duda que estás prendada
en otra parte.

Zara — No hay prenda
que me halague ni me ofenda,
porque de amor no sé nada.

Halima — Pues esta noche sabrás,
en la escuela de tu esposo,
que es amor dulce y sabroso.

Zara — ¡Amargas nuevas me das!

Halima — ¡Qué melindrosa señora!

Zara — No es melindre, sino enfado:
que había determinado
no casarme por ahora,
hasta que el cielo me diese
con otro compás mi suerte.

Halima — Calla, que reina has de verte.

Zara — No aspiro a tanto interese.

Con otro estado menor,
con mayor gusto estaría.

Halima

Yo juro por vida mía,
Zara, que tenéis amor.
Ahora bien, mostrad las perlas
que tenéis, que quiero ver
cuántos lazos podré hacer.

Zara

Allí dentro podrás verlas.
Éntrate, y déjame un poco,
que quiero hablar con Costanza.

Halima

¡Vos gustaréis de la danza
antes de mucho y no poco!

(Éntrase Halima.)

Costanza

Dime, señora, qué es esto.
¿Tanto te enfada el casarte,
y con un rey?

Zara

No hay contarte
tantas cosas y tan presto.

Costanza

¿De dónde el enfado mana
que muestras tan importuno?

Zara

Pasito, no escuche alguno.
¡Soy cristiana, soy cristiana!

Costanza

¡Válame Santa María!

Zara

Esa Señora es aquella

que ha de ser mi luz y estrella
en el mar de mi agonía.

Costanza
¿Quién te enseñó nuestra ley?

Zara
No hay lugar en que lo diga.
Cristiana soy; mira, amiga,
qué me sirve el moro rey.
Di: ¿conoces, por ventura,
a un cautivo rescatado
que es caballero y soldado?

Costanza
¿Cómo ha nombre?

Zara
Mal segura
estoy aquí, y con temor
de algún desgraciado encuentro.

Costanza
Pues entrémonos adentro.

Zara
Sin duda, será mejor.

(Éntranse.)

(Salen el Rey, el Cadí, el Guardián Bají.)

Cadí
¡Extraño caso ha sido!

Rey
Y tan extraño
que no sé si jamas le ha visto el mundo.

Cadí
Ya se han visto en el aire muchas veces
formados escuadrones espantables
de fantásticas sombras, y encontrarse

con todo el artificio y maestría
que en la mitad de una campaña rasa
se suelen embestir los verdaderos;
las nubes han llovido sangre y malla,
y pedazos de alfanjes y de escudos.

Rey

Esos llaman prodigios los cristianos,
que suelen parecer algunas veces;
pero que acaso, y sin misterio alguno,
del Sol los rayos, que en las nubes topan,
hayan formado así tan grande armada,
nunca lo oí jamás.

Guardián

Yo así lo digo;
pues a fe que te cuesta la burleta
más de treinta cristianos.

Rey

No hace al caso;
mas que pasaran a cuchillo todos.

Cadí

Quitóme el sobresalto de las manos
el corbacho y la furia.

Rey

¿Qué hacías?

Cadí

Azotaba a un cristiano...

Rey

¿Por qué causa?

Cadí

Es de pequeña edad, y no es posible
que regalos, promesas ni amenazas
le puedan volver moro.

Rey

¿Es, por ventura,

el muchacho español del otro día?

Cadí — Aquese mismo es.

Rey — Pues no te canses,
que es español, y no podrán tus mañas,
tus iras, tus castigos, tus promesas,
a hacerle torcer de su propósito.
¡Qué mal conoces la canalla terca,
porfiada, feroz, fiera, arrogante,
pertinaz, indomable y atrevida!
Antes que moro, le verás sin vida.

(Entra un moro asido de un cautivo.)

¿Qué ha hecho este cristiano?

Moro — En este punto,
en una extraña y nunca vista barca,
casi una legua al mar, en este punto
le acabé de coger.

Rey — Pues, ¿de qué modo
era la barca extraña?

Moro — Era una balsa
hecha de canalejas, sustentada
sobre grandes y muchas calabazas,
y él, puesto en medio en pie, de árbol servía,
y sus brazos, de entena, en cuyas manos
servía de vela una camisa rota.

Rey — ¿Cuándo entraste en la barca?

Cristiano
A media noche.

Rey
Pues, ¿cómo en tanto tiempo no pudiste
alejarte de tierra más espacio?

Cristiano
Sultán, no me servía de otra cosa
sino de no anegarme, y solo iba
confiado en el cielo y en el viento
que, próspero y furioso arrebatado,
la mal formada barca la aportase
en cualquiera ribera de cristianos;
que ningún remo o vela fuera parte
a hacerla tomar curso ligero.

Rey
¡En fin, español eres!

Cristiano
No lo niego.

Rey
Pues deso que no niegas yo reniego.

(Entra el Sacristán con un niño en las mantillas, fingido, y tras él el Judío de la cazuela.)

¿Es aquésta otra barca?

Judío
Este cristiano
me acaba de robar a este mi hijo.

Cadí
¿Para qué quiere el niño?

Sacristán
¿No está bueno?
Para que le rescaten, si no quieren
que le críe y enseñe el Padrenuestro.
¿Qué decís vos, Raquel o Sedequías,

Fares, Sadoc, o Zabulón o diablo?

Judío — Este español, señor, es la ruina
de nuestra judería; no hay en ella
cosa alguna segura de sus uñas.

Rey — Di: ¿no eres español?

Sacristán — ¿Ya no lo sabes?

Rey — ¿Quién es tu amo?

Sacristán — El dabají Morato.

Rey — Tocadle, por mi vida.

Cadí — Por la mía,
que tienes gran razón en lo que has dicho
de la canalla bárbara española.

(Entra otro Moro con otro Cristiano, muy roto y llagadas las piernas.)

Rey — ¿Quién es este?

Moro — Español que se ha huido
tantas veces por tierra, que con ésta
son veinte y una vez las de su fuga.

Rey — Si diésemos audiencia cuatro días,
serían de españoles todos cuantos
se entrasen a quejar.

Cadí — ¡Extraño caso!

Rey
Pápaz, vuélvele el niño a este judío,
y no le hagan mal a este cristiano,
que, pues a tal peligro entregó el cuerpo,
en grande cuita debe estar su alma.
Y tú, ¿eres español?

Cristiano
Y de Valencia.

Rey
Vuélvete, pues, a huir, que si te vuelven,
yo te pondré en un palo.

Sacristán
Señor, haga
que este puto judío dé siquiera
el jornal que he perdido por andarme
tras él para robarle este hideputa.

Cadí
Bien dice; desembolse cuarenta ásperos
y délos al pápaz, que los merece.

Sacristán
¿Oye, amigo judío?

Judío
Muy bien oigo;
mas no los tengo aquí.

Sacristán
Vamos a casa.

Cadí
Con españoles, esto y más se pasa.

(Éntranse todos.)

(El padre solo.)

Padre
¿Si osaré entrar allá dentro?
¡Oh temor impertinente!

¡Vamos; que no teme encuentro
piedra que naturalmente
va presurosa a su centro!

(Córrese una cortina; descúbrese Francisquito, atado a una coluna en la forma que pueda mover a más piedad.)

Francisquito

¿No me quieran desatar,
para que pueda, siquiera,
como es costumbre espirar?

Padre

No, que de aquesa manera
más a Cristo has de imitar.
Si vas caminando al cielo,
no has de sentarte en el suelo;
más ligero vas ansí.

Francisquito

¡Oh padre, lléguese a mí,
que el velle me da consuelo!
¡Ya la muerte helada y fría
a dejaros me provoca
con su mortal agonía!

Padre

¡Echa tu alma en mi boca,
para que ensarte la mía!
¡Ay, que espira!

Francisquito

¡Adiós, que espiro!

Padre

¡Dios, a quien tu intento aspira,
nos junte adonde yo aspiro!
¡Qué poco a poco respira,
ya dio el último suspiro!
¡Vete en paz, alma hermosa,

y al que te hizo dichosa,
pues ya le ves, pídele
que nos sustente en su fe
pura, santa, alegre, honrosa!
¡Quién supiese el muladar
adonde te han de enterrar,
reliquia pequeña y santa,
para que pueda mi planta
con mis lágrimas regar!

(Éntrase.)

(Aquí ha de salir la boda desta manera: Halima con un velo delante del rostro, en lugar de Zara; llévanla en unas andas en hombros, con música y hachas encendidas, guitarras y voces y grande regocijo, cantando los cantares que yo daré. Salen detrás de todos Vivanco y Don Lope, y entre los moros de la música va Osorio, el cautivo. Como acaban de pasar, pregunta Don Lope a Osorio:)

Don Lope — ¿Quién es esta novia!

Osorio — Zara,
la hija de Agimorato.

Don Lope — ¡No es posible!

Osorio — ¡Cosa es clara!

Vivanco — Su rostro y el aparato
de la boda lo declara.

Osorio — ¡Por Dios, señores, que es ella,
y que es la mora más bella
y rica de Berbería!

Don Lope — Por el velo que traía
no podimos conocella.

Osorio — Muley Maluco es su esposo,
el que pretende ser rey
de Fez, moro muy famoso,
y en su secta y mala ley
es versado y muy curioso;
sabe la lengua turquesca,
la española y la tudesca,
italiana y francesa;
duerme en alto, come en mesa,
sentado a la cristianesca;
sobre todo, es gran soldado,
liberal, sabio, compuesto,
de mil gracias adornado.

Don Lope — ¿Qué dices, amigo, desto?

Vivanco — Que habemos bien negociado,
pues, siendo una caña vara,
y otro nuevo Moisén Zara
deste Egipto disoluto,
pasamos el mar enjuto
a gozar la patria cara.

Osorio — Gasta en Pascuas el judío
su hacienda; en bodas, el moro;
el cristiano a su albedrío,
sigue en esto otro decoro,
de todo gusto vacío,

(Zara a la ventana.)

porque en pleitos le da cabo.

Zara
¡Ce, hola, cristiano esclavo!

Osorio
¡Adiós, señores, que quiero,
hasta el término postrero
ver esto!

Don Lope
Tu gusto alabo.

Zara
¡Cristiano o moro enemigo!

Vivanco
¿Quién nos llama?

Zara
Quien merece
que le oyáis.

Don Lope
¡Por Dios, amigo,
que esta Zara me parece
en la voz!

Vivanco
Yo ansí lo digo.

Zara
Decidme qué cosa es ésta
deste regocijo y fiesta.

Don Lope
Con Zara, la desta casa,
Muley Maluco se casa.

Zara
Desvariada respuesta.

Don Lope
Y allí va sobre unas andas
con música y vocería.
Mira si otra cosa mandas.

Zara — Ya veo, Lela María,
cómo en mis remedios andas.

Don Lope — ¿Eres Zara?

Zara — Zara soy.
Tú, ¿quién eres?

Don Lope — ¡Loco estoy!

Zara — ¿Qué dices?

Don Lope — Que soy, señora,
un tu esclavo que te adora.
Soy don Lope.

Zara — A abrirte voy.

(Quítase de la ventana y baja a abrir.)

Vivanco — De misterio no carece
estar Zara aquí y allí.

Don Lope — Este bien su fe merece,
y el estar tan sola aquí
la admiración en mí crece;
adonde hay tanto criado,
tal soledad se ha hallado;
todo es milagro y ventura.

Vivanco — El regocijo y holgura
de la boda lo ha causado.
Quien le hace parecer

en lugares diferentes
muy más que esto puede hacer,
por quitar inconvenientes
al bien que ha de suceder.

(Sale Zara.)

¿Vesla, don Lope, a do asoma?
Mira si es bien que a Mahoma
este tesoro quitemos.

Don Lope

¡Oh extremo de los extremos
de amor, que las almas doma!
¡Salud de mi enfermedad,
arrimo de mi caída,
de mi prisión libertad,
de mi muerte alegre vida,
crédito de mi verdad,
archivo donde se encierra
toda la paz de mi guerra,
Sol que alumbra mis sentidos,
luz que a míseros perdidos
los encamina a su tierra,
vesme aquí a tus pies postrado,
más tu esclavo y más rendido
que cuando estaba aherrojado;
por ti ganado y perdido,
preso y libre en un estado;
dame tus pies sobrehumanos
y tus alejandras manos,
donde mis labios se pongan!

Zara

No es bien que se descompongan
con moras labios cristianos.

Por mil señales has visto
cómo yo toda soy tuya,
no por ti, sino por Cristo,
y así, en fe de que soy suya,
estas caricias resisto;
para otro tiempo las guarda,
que ahora, que se acobarda
el alma con mil temores,
comedimientos y amores
mal los atiende y aguarda.
¿Cuándo te partes a España,
y cuándo piensas volver
por quien queda y te acompaña?
¿Cuándo fin has de poner
a tan gloriosa hazaña?
¿Cuando volverán tus ojos
a ver los moros despojos
que ser cristianos desean?
¿Cuándo en verte harás que vean
fin mis temores y enojos?

Don Lope

Mañana me partiré;
dentro de ocho días, creo,
señora, que volveré;
que a la cuenta del deseo,
que han de ser siglos bien sé.
En el jardín estarás
del tu padre, a do verás
mi fe y palabra cumplida,
si me costase la vida
que con tu vista me das.
Y no te asalte el recelo
que te he de faltar en esto,
pues no ha de querer el cielo,

para caso tan honesto,
negar su ayuda en el suelo.
Cristiano y español soy,
y caballero, y te doy
mi fe y palabra de nuevo
de hacer lo que en esto debo.

Zara
Asaz satisfecha estoy;
pero, si me quieres bien,
porque quede más segura,
júrame por Marién.

Don Lope
¡Juro por la Virgen pura,
y por su Hijo también,
de no olvidarte jamás
y de hacer lo que verás
en mi gusto y tu provecho!

Zara
¡Grande juramento has hecho!
Basta; no me jures más.

Vivanco
¿Qué es lo que tu padre dice
desto de tu casamiento
con Muley Maluco?

Zara
Hice
esta noche un sentimiento,
con que la boda deshice.
Hoy me mandó aderezar
para haberme de llevar
esta noche a ser esposa;
vino, y hallóme llorosa;
fuese sin quererme hablar,
y por toda la ciudad

se suena que me desposo
esta noche.

Vivanco — Así es verdad.

Don Lope — ¡Éste es caso milagroso!
No la apuréis más; callad.
Dame tus manos, señora,
hasta que llegue la hora
que con abrazos las des.

Zara — No, sino dame tus pies,
que eres cristiano y yo mora.
Vete en paz, que yo, entre tanto
que vas y vuelves, haré
plegarias al cielo santo
con las voces de mi fe
y lágrimas de mi llanto,
rogándole que tranquile
el mar, que viento asutile
próspero y largo en tus velas,
que te libre de cautelas,
que en su fe mi ingenio afile.
Y, adiós, que no puedo más,
y mañana iré al jardín,
donde te espero.

Vivanco — Verás
deste principio buen fin.

Zara — ¿Que me dejas y te vas?

Don Lope — No puedo hacer otra cosa.

Zara

¿Llegará la venturosa
hora de volver a verte?

(Vase Zara.)

Don Lope

Sí llegará, si la muerte
no es, cual suele, rigurosa.
No será el irme cordura,
hasta ver el fin que tiene
aquesta boda en figura.

Vivanco

El misterio que contiene,
mi buen suceso asegura.

(Éntranse.)

(Descúbrese un tálamo donde ha de estar Halima, cubierta el rostro con el velo; danzan la danza de la morisca; haya hachas; esténlo mirando don Lope y Vivanco, y, en acabando la danza, entran dos moros.)

Moro 1

La fiesta cese, y a su casa vuelva
la bella Zara, que Muley lo ordena,
con prudencia admirable, desta suerte.

Moro 2

¿Pues no pasa adelante el casamiento?

Moro 1

Sí pasa; pero quiere que entre tanto
que él va a cobrar su reino de Marruecos,
Zara se quede en casa de su padre,
entera y sin tocar; que deste modo
quedará más segura, y él espera
gozarla con sosiego allá en su reino,
a cuya empresa aún bien no habrá salido
el Sol cuando se parta; que esta priesa

le dan dos mil jenízaros que lleva
en su campo, que ya sabes que marcha.

Moro 2
Si esto pensaba hacer, ¿para qué quiso
que el paseo de Zara se hiciese?
¿Qué dirá el pueblo? Pensará, sin duda,
que no quiere casarse ya con ella.

Moro 1
Diga lo que dijere, éste es su gusto,
y no hay sino callar y obedecelle;
y más, que Agimorato gusta dello.

Moro 2
¿Ha de volver con pompa?

Moro 1
¡Ni por pienso!

Moro 2
Vamos, pues, a volvella.

Vivanco
¡Oh Dios inmenso!

(Éntranse todos y ciérrase la cortina del tálamo; quedan en el teatro don Lope y Vivanco.)

¡Grandes son tus misterios! Ya seguro
puedes partir, pues ves cuán fácilmente
esta fantasma y sombra se ha deshecho.

Don Lope
Premisas son de nuestro buen suceso.
Yo me voy a embarcar; tened cuidado
de acudir al lugar donde os he dicho,
y de hacer nuevas señas cada noche
como pasen seis días, en los cuales
pienso poder volver, como deseo;
y procurad con maña y con aviso,

sin descubrir jamás vuestro designio,
que el padre de aquel mártir se recoja
en el jardín con otro algún amigo;
que si toca a Mallorca este navío
en que parto, bien será posible
que dentro de seis días vuelva a veros.

Vivanco

Partid con Dios, que yo haré de suerte
que más de dos la libertad alcancen.
Las señas no se olviden. Abrazadme,
y ánimo, y diligencia, y Dios os guíe.

Don Lope

De nadie este secreto se confíe.

(Éntranse.)

(Sale Osorio y el Sacristán.)

Osorio

El cuento es más gracioso
que por jamás se ha oído:
que los judíos mismos
de su misma hacienda os rescatasen.

Sacristán

Así como os lo cuento
ha sucedido el caso:
ellos me han rescatado
y dado libertad graciosamente.
Dicen que desta suerte
aseguran sus niños,
sus trastos y cazuelas,
y, finalmente, su hacienda toda.
Yo he dado mi palabra
de no hurtarles cosa
mientras me fuere a España,

y por Dios que no sé si he de cumplirla.

(Entra un Cristiano.)

Cristiano
La limosna ha llegado
a Bujía, cristianos.

Osorio
¡Buenas nuevas son éstas!
¿Quién viene?

Cristiano
La Merced.

Osorio
¡Dios nos las haga!
¿Y quién la trae a cargo?

Cristiano
Dícenme que un prudente
varón, y que se llama
fray Jorge de Olivar.

Sacristán
¡Venga en buen hora!

Osorio
Un fray Rodrigo de Arce
ha estado aquí otras veces,
y es desa mesma Orden,
de condición real, de ánimo noble.

Sacristán
Por lo menos, me ahorro
reverencias y ruegos,
gracias a Sedequías
y al rabí Netalim, que dio el dinero.
Si la esperanza es buena,
la posesión no es mala.
Muy bien está lo hecho;
venga cuando quisiere la limosna.

¡Oh campanas de España!,
¿cuándo entre aquestas manos
tendré vuestros badajos?
¿Cuándo haré el tic y toc o el grave empino?
¿Cuándo de los bodigos
que por los pobres muertos
ofrecen ricas viudas
veré mi arcaz colmado? ¿Cuándo, cuándo?

Cristiano — ¿Adónde vais agora?

Osorio — Pidióle Agimorato
al cadí que nos fuésemos
a su jardín por tres o cuatro días;
que con su hija Zara
y con la bella Halima,
de Caurali consorte,
piensa pasar allí todo el verano.

Cristiano — Podrá ser que algún día
yo vaya a entretenerme
con vosotros un rato.

Osorio — Serás bien recebido.

Cristiano — ¡Adiós, amigos!

(Vase.)

Sacristán — También, pues estoy libre,
iré yo, Osorio, a veros.

Osorio — Pues lleva la guitarra,
y, si es posible, vente luego.

Sacristán — Harélo.

(Éntranse.)

(Salen Halima, Zara, Costanza, y al entrar se le cae a Zara un rosario, que lo alza Halima.)

Halima — ¿Cómo es esto, Zara amiga?
¿Cruz en tus cuentas?

Costanza — Mías son.

Halima — Si aquésta no es devoción,
no sé qué piense o qué diga.

Zara — ¿Qué cosa es cruz?

Halima — Este palo
que sobre estotro atraviesa.

Zara — Pues bien: ¿qué señal es ésa?

Halima — ¡No está el disimulo malo!
Es la señal que el cristiano
reverencia como a Alá.

Costanza — Señora, déjamela,
que es mía.

Halima — Tu intento es vano,
que a Zara se le cayó,
y yo lo vi por mis ojos.

Zara

Eso no te cause enojos,
que Costanza me la dio
cuando estaba el otro día
en tu casa, y yo no sé
lo que es cruz.

Costanza

Ello ansí fue,
y fue inadvertencia mía
no quitalle esa señal.
Pero, ¿qué importa al decoro
de vuestro rezado moro?

Zara

Gualá que no dice mal.

Halima

Con todo, quítala, hermana;
que si algún moro la vee,
dirá que guardas la fe,
en secreto, de cristiana.

(Entran Vivanco y don Fernando.)

Vivanco

He fiado este secreto
de vos por ser caballero.

Don Fernando

Ser agradecido espero
al peso de ser secreto.
Éstas son Alima y Zara,
que yo las conozco bien.

Vivanco

Nuestro negocio va bien.

Halima

Repara, amiga, repara,
que viene allí mi cristiano,
y en él viene un mi enemigo

a quien adoro y maldigo.

Zara
¿Qué dices?

Halima
No está en mi mano
disimular más.

Costanza
¡Ay triste!
¿Si se quiere declarar
con él?

Halima
Quiérole hablar.

Costanza
En vano a amor se resiste.

Zara
¿Quiéresle bien?

Halima
La vergüenza
me perdone: adórole,
y él lo sabe, y yo no sé
cómo a su dureza venza.

Zara
¿Y no se humana contigo?

Halima
Costanza dice que sí;
pero yo siempre en él vi
asperezas de enemigo.
Llégate; dime, cristiano:
¿sabes que eres mi cautivo?

Don Fernando
Señora, sí, y sé que vivo
por ti.

Halima
¿Pues cómo, inhumano?

¿Nunca te han dicho mis ojos
y la lengua de Costanza
que tienes de mi esperanza
en tu poder los despojos?
¿Has aguardado a que haga
de tanta gente en presencia
esta costosa experiencia,
descubriéndote mi llaga?
Mira qué fe desdichada,
que esto que llaman amor
ya es incendio, ya es furor,
cuando no repara en nada;
mira bien que podría ser,
si desprecias lo que digo,
hicieses, hombre, enemigo
de tan amiga mujer.

Don Fernando

Tres días pido no más
de plazo, señora mía,
para dar a tu porfía
el dulce fin que verás.
Vete con Dios al jardín
de Zara y allí me espera:
verás de tu pena fiera,
como he dicho, un dulce fin.

Halima

¡Soy contenta!

Zara

Y yo la mano
doy por él que ansí lo hará.

Costanza

¡Muy bien negociado está!

Halima

Si has de venir, ve temprano.

Zara — ¿Qué viento es éste que corre,
cristiano?

Vivanco — Norte parece,
y en él la ventura ofrece
el que nos guía y socorre.

Zara — ¿Fuese ya tu compañero
a España?

Vivanco — Ya habrá seis días.

Zara — ¿Solo sin él quedarías?

Vivanco — Sí quedé; mas verle espero
con brevedad.

Zara — ¿Qué tan presto?

Vivanco — Partiríame mañana,
si hubiese bajel.

Halima — Cristiana,
alza el rostro. ¿Qué es aquesto?
Muy melancólica estás.
¿Qué tienes? ¿Qué sientes? Di.

Costanza — Vámonos, señora, de aquí,
aunque he de morir do vas,
porque me da el corazón
saltos que me rompe el pecho.

Zara — El madrugar lo habrá hecho.

Costanza
Y haber visto una visión
que, si no es cosa fingida,
y en buen discurso trazada,
el fin de aquesta jornada
ha de ser el de mi vida.

Don Fernando
Todas son fantasmas vanas;
Costanza, no hay qué temer.

Costanza
Presto lo echaré de ver.

Zara
¡Medrosas son las cristianas!

Costanza
No mucho, puesto que hay tal
que se espanta de los cielos,
iba a decir de los celos,
y no dijera muy mal.

Halima
Queda con Alá, mi Hernando,
y mira que vengas luego;
que te lo mando y lo ruego.

Costanza
Basta decir te lo mando.

(Éntranse las tres.)

Vivanco
Vamos; quizá la ventura
habrá tan próspera sido,
que don Lope sea venido,
y no hay perder coyuntura.

(Éntrase Vivanco y don Fernando.)

(Sale el padre con un paño blanco ensangrentado, como que lleva en él los huesos de Francisquito.)

Padre

Osorio haré que los guarde.
Temo que esta escuridad,
o me turbe, o lleve tarde.
¡Oh, cuán propio es de mi edad
ser temeroso y cobarde!
Mas estas reliquias santas
encaminarán mis plantas
al jardín de Agimorato.
Menester es gran recato
donde hay asechanzas tantas.

(Éntrase.)

(Sale Don Fernando y Vivanco.)

Vivanco

En la mar está, sin duda:
que haber a tierra llegado
muestra este plato quebrado.
A nuestra señal se acuda:
hiere, amigo, el pedernal,
porque saques dél la lumbre
que traiga, guíe y alumbre
todo el bien de nuestro mal.

Don Fernando

¿No ves cómo otras centellas
corresponden a las nuestras?

Vivanco

Llama a tan alegres muestras,
no centellas, sino estrellas.
Sosiega y escucha el son
manso de los santos remos.

Don Fernando — Más a la orilla lleguemos.
No hay que dudar, ellos son.

(Entran don Lope y el patrón de la barca.)

Don Lope — ¿Es Vivanco?

Vivanco — El mismo soy.

Don Lope — ¿Está Zara en el jardín?

Vivanco — Sí, amigo.

Don Lope — ¡Felice fin
da el cielo a mis males hoy!

Vivanco — ¡Abrázame!

Don Lope — No hay lugar
de cumplimientos agora.
Ve por ella.

Vivanco — Sea en buen hora.
Poco podrás esperar.

Don Fernando — ¿Quieres que vaya contigo,
amigo?

Vivanco — No hay para qué:
que yo solo las traeré
en un instante conmigo;
que todos están a punto,
sin dormir, esto esperando.

Don Lope
Pues parte, amigo, volando.

Patrón
¿Están lejos?

Vivanco
Aquí junto.

(Éntrase Vivanco.)

Patrón
¡Oh, si no tardasen mucho,
que es el viento favorable!

Don Lope
Sosegaos, ninguno hable,
que cierto rumor escucho.

Patrón
A la barca nos volvemos
hasta ver lo que es, señor.

Don Lope
Quedito, no hagáis rumor,
que aquí seguros estamos.

(Entran Vivanco, Halima, Zara, Costanza, el Padre, con un paño blanco, dando muestra que lleva los huesos de Francisquito; Osorio, el Sacristán y otros Cristianos que pudieren salir.)

Vivanco
Estaban alerta, y vieron
las señales en la mar,
y, sin poderme esperar,
a la marina corrieron.
Ahorráronme el camino.

Osorio
¡Ésta es suerte milagrosa!

Don Lope
¿Dó está mi estrella hermosa?

Halima
¿Dó está mi norte divino?

Patrón
No es tiempo de cumplimientos;
a embarcar, que el viento carga.
¡Oh liviana y santa carga,
haced propicios lo vientos!

Sacristán
Ya yo estaba rescatado;
pero, con todo, me iré.

Patrón
¿Hay más cristianos?

Don Fernando
No sé.

Vivanco
Los que he podido he juntado.

Costanza
¡Vamos, no despierte Halima!

Don Fernando
¿Quieres que por ella vuelva?

Patrón
Todo el mundo se resuelva
de embarcarse.

Costanza
¿Te lastima
dejar tu ama?

Don Fernando
Y mi amo
quisiera que aquí se hallara.

Don Lope
Vamos, Zara.

Zara
Ya no Zara,
sino María me llamo.

Don Lope

No de la imaginación
este trato se sacó,
que la verdad lo fraguó
bien lejos de la ficción.
Dura en Argel este cuento
de amor y dulce memoria,
y es bien que verdad y historia
alegre al entendimiento.
Y aún hoy se hallarán en él
la ventana y el jardín.
Y aquí da este trato fin,
que no le tiene el de Argel.

Fin

Libros a la carta

A la carta es un servicio especializado para
empresas,
librerías,
bibliotecas,
editoriales
y centros de enseñanza;
y permite confeccionar libros que, por su formato y concepción, sirven a los propósitos más específicos de estas instituciones.

Las empresas nos encargan ediciones personalizadas para marketing editorial o para regalos institucionales. Y los interesados solicitan, a título personal, ediciones antiguas, o no disponibles en el mercado; y las acompañan con notas y comentarios críticos.

Las ediciones tienen como apoyo un libro de estilo con todo tipo de referencias sobre los criterios de tratamiento tipográfico aplicados a nuestros libros que puede ser consultado en Linkgua-ediciones.com.

Linkgua edita por encargo diferentes versiones de una misma obra con distintos tratamientos ortotipográficos (actualizaciones de carácter divulgativo de un clásico, o versiones estrictamente fieles a la edición original de referencia).

Este servicio de ediciones a la carta le permitirá, si usted se dedica a la enseñanza, tener una forma de hacer pública su interpretación de un texto y, sobre una versión digitalizada «base», usted podrá introducir interpretaciones del texto fuente. Es un tópico que los profesores denuncien en clase los desmanes de una edición, o vayan comentando errores de interpretación de un texto y esta es una solución útil a esa necesidad del mundo académico.

Asimismo publicamos de manera sistemática, en un mismo catálogo, tesis doctorales y actas de congresos académicos, que son distribuidas a través de nuestra Web.

El servicio de «libros a la carta» funciona de dos formas.

1. Tenemos un fondo de libros digitalizados que usted puede personalizar en tiradas de al menos cinco ejemplares. Estas personalizaciones pueden ser de todo tipo: añadir notas de clase para uso de un grupo de estudiantes, introducir logos corporativos para uso con fines de marketing empresarial, etc. etc.

2. Buscamos libros descatalogados de otras editoriales y los reeditamos en tiradas cortas a petición de un cliente.